酪農小説短編集

酪農家　静子

間山　三郎

筑波書房

目次

北軽井沢の仲間たち

1

酪農家古賀の一日は、一年を通じて朝五時に始まる。どんなに前の晩飲んで帰ろうと、体の調子が良くないときでも、目覚ましの鳴る前に布団から起きでる。古賀の仕事は乳牛を飼育し、一日二回朝夕乳を搾り、ミルクを売りお金を得ることだ。古賀は群馬県長野原町北軽井沢に入植した牛飼いの二代目になる。

二月の北軽井沢の寒さは、北海道とかわらない。マイナス十度は、普通である。真底冷える寒さだ。古賀は、玄関でオーバーオールに着替え、防寒長靴を履いて手袋をした。凍り付いた引き戸を、一蹴り入れて開ける。昨夜から降りだした雪はまだやんでいなかった。

タバコを取り出し、火をつける。朝一番のタバコを旨そうに吸ってから、たて掛けてあるスコップを取り、牛舎まで雪を寄せて、道を作りながら歩いていく。積雪三十センチ母屋から牛舎まで、五十メートル。吹き溜まりのできそうな軽い雪だ。

古賀は、牛舎に着くと電気をつけ、衣服についた雪を払い、搾乳機械の前洗浄のスイッチを入れた。牛たちは白い息を吐きながら、主人をみている。機械の洗浄をしている間に三十頭の牛に乾草を与える。牛達の餌は、毎日毎回、決まった順番に与えなければいけない。

洗浄が終るころ、妻の春江が、牛舎にやってくる。牛たちは立ち上がり、乾草を食べながら搾乳を待っている。乳頭から乳を漏らしている牛がいる。ミルカーを、古賀と春江は四機を使い、左右に並んだ牛の乳を、順に搾っていく。搾ったミルクはパイプラインを流れて、バルククーラーに入り、そのなかで急激に冷やされる。

古賀は搾乳しながら、一頭一頭の牛の顔を見て会話をしている。餌の食い込み具合や、乳房の張りを見て、健康状態をチェックしている。今日もみんな元気だ。古賀は、ほっと一息ついた。一時間で、三十頭の牛の乳は搾り終る。

古賀はミルカーを片付け終ると、台車にタンクから配合飼料を取り、その牛の今出ている乳の量に合わせて、スコップで餌を落としていった。牛にとっては、とうもろこしや麦の入った配合飼料は、一番の好物である。食べかけの乾草に見向きもせず、台車を押す古賀のジャンパーを舌で舐め、おねだりする牛もいる。

「オメエは、今日から少し減らすからな。ちょっと肉がついてきたから」

古賀は、牛一頭一頭に話しかけながら、飼槽に配合を落としていく。

春江は、六時半頃、母屋に戻り、朝食の準備をする。今日は、長女の幸子が大学受験のため、東京へ行く日である。母屋へ戻ると、幸子は、エプロンをつけ味噌汁の具のじゃがいもを切っていた。

「幸子。気合入っているね」

「お母さん。まかしといて」

「徹と恵美は、まだ眠っているのかい」

「もう、起きているよ」

テレビの前で、お茶を飲んでいる、おばあちゃんが言った。古賀家は一家七人だが、おじいちゃんは、地域の老人会の旅行に昨日から出かけていた。

朝七時。古賀を除いて、テーブルで朝食を食べる
「八時になったら、お父さんが軽井沢の駅まで、送って行くって」

「この雪で、大丈夫かな。」

春江と、幸子の会話に、徹が口を入れた。

「姉ちゃん、正雄兄ちゃんの、ランクルで送ってもらえば」　正雄兄ちゃんは、幸子たちの従兄弟にあたる。古賀の家から車で十分ぐらい離れた所で、同じく酪農をしている。古賀より一回りほど若い。

古賀は、搾乳と餌くれがひと段落つくと、四輪駆動のダンプカーに、タイヤチェーンを巻いた。大通りにでれば、除雪してあるけれど、大通りまでの道は、乗用車では無理だと思ったからだ。

雪を払い落とし、玄関を開けて入ってきた古賀に、春江が、いつものようにコーヒーカップにインスタントコーヒーを入れ、ストーブの上の鍋で沸かしていた搾りたてのミルクを、お玉でたっぷりといれ、砂糖を大きなスプーンで二杯入れて、かき回し差し出した。古賀は甘いミルクコーヒーが好きなのだ。

幸子が、ボストンバッグを抱えて、二階から降りてきた。

「電車、何時だ」

「九時十分」

「幸子、ちょっと早いけど、行くか」

「うん。お願いします。おかあさん、おばあちゃん、行ってきます。徹に恵美、喧嘩ばかりしていちゃだめよ。学校から帰ってきたら、牛の世話、手伝うのよ」

幸子は、仏壇の前に立ち、線香に火をつけ手をあわせた。

「幸子、電話するんだよ」

「おばあちゃん。身体に気をつけてね」

幸子が東京の大学を受験するために、四日間家を空ける。一人で家を出るのは、修学旅行以来だった。古賀は、ボストンバッグを持ち、先に歩き出した。幸子は、小さなバッグをあけ、財布、ハンカチ、受験票をもう一度確認していた。

「それじゃ、行ってきます」と深く頭を下げて、玄関を開け出て行った。

ダンプカーの中は、暖かかった。古賀は幸子が乗ると、ギヤーをセカンドに入れて、ゆっくりと走り出した。

北軽井沢は、群馬県である。高原野菜も多く栽培されているが、何と言っても、酪農家数、牛の頭数が多い。牛を飼うために適した気候で、北海道なみに夏でも冷涼によるところが大きい。北軽井沢から長野県の軽井沢まで、浅間山を右手に見ながら走る。春から秋にかけては、観光客で賑うのだが、厳冬期、道路はアイスバーンになり、スキーヤーと生活者の道路となっている。アイスバーンに慣れている古賀も、四駆のダンプカーの後輪にタイヤチェーンを巻いた。大通りに出るまでは、除雪されていない車が走った後のわだちもない。古賀は、大通りに出る手前の下り坂を、ブレーキをかけない速度で下った。雪道でブレーキをかけることは、命取りになることをよく知っていた。大通りに出ると、少し速度を増した。

「幸子。将来、何になりたいんだい」

「まだ、よく考えてないの。でも、農学部を選ぶから、農業に関連する仕事ね」

「そうか、合格してから四年間で考えるのもいいさ」

「そうなればいいのだけれど。競争率六倍だからね」

「幸子。浪人は一年だけならいいぞ」

「浪人出来る訳ないでしょ。今の酪農、そんなに甘くないでしょう」

「大丈夫だ。幸子の一年間勉強するくらい、どうということない」

「落ちたら、働くよ」

「今、就職厳しいぞ。農協だって、なかなか入れてくれないぞ」

「それより、合格したら、入学金、授業料それと、東京での下宿暮らし。最低でも、お金百万円は必要よ。お父さん、たくさん乳を搾ってくださいよ」

古賀は幸子と二人だけの会話は、久しぶりのような気がした。牛飼いに休日はない。だから、家族全員で、家を空けることもなかった。せいぜい、近くの温泉へ行くことぐらいだ。古賀は、酪農家の長男として生まれ、幼い頃から、牛飼いになるべく育てられた。小学生の頃から、サイレージ詰めや、乾草の集草を手伝った。今は、トラクターや、大型の機械が活躍しているが、そのころはみな、手作業だった。古賀は、自分の選択せざるをえなかった道を、子供たちに押し付ける気はなかった。自由に育てたいと思っている。牛飼いを選ぶか、選ばないか子供たちに強制はしたくなかった。

雪は止み、一時、青空が見えた。冬の浅間山は、特に素晴らしいと古賀は、自慢に思っている。朝日が浅間山に当たり、オレンジ色に輝いて見えた。古賀は心の中で、浅間山に手を合わせた。峠を下り終わると、ダンプカーは、間も無く軽井沢の町へ入ろうとしている。

「帰ってくるのは、何曜日だ」

「今日が月曜日。水曜日が試験。木曜日のお昼ごろ。駅に着きますので、お迎えよろしく」

軽井沢の町へ入ると、道路に雪はなかったが、家々の屋根には雪がのっていた。

駅のロータリーに入ると、ここでいいからと、幸子はダンプカーを止めさせ、ボストンバッグを取り、「お父さん、行ってきます」と、敬礼した後、笑って振り返り歩いていった。

古賀は幸子の歩く後姿をしばらく見ていたが、タバコに火をつけると、ダンプカーを走らせて北軽井沢へ戻っていった。幸子のおどけた行動とは裏腹に、ボストンバッグを持って歩く後姿が、妙に小さく見えた。小柄な体で妹や弟に気合を入れて、いつも先頭に立って牛に餌をくれたり、乳を搾ったり手伝ってくれるできた娘だと思っている。幸子のいなくなる日のことを思うと、古賀はさびしさで胸がいっぱいになった。

2

幸子は、軽井沢駅の改札口を、ボストンバッグを引きずるように転がして出てきたが、古賀の姿は見えなかった。昨夜、電話で大学受験も無事済んだこと、明日二時半に駅に着くからと、伝えてあったから姿が見えないことに、少し不安を抱いた。牛が病気になるとか、産気づくとか、酪農家には予期せぬことが日常的に起きることをわかっているのだが。二十分ほど待っていただろうか、古賀の車がロータリーに入ってきた。

「お帰り」と言ったきり、黙って幸子からボストンバッグを受け取ると、抱えて車の所へ持って行った。四ドアの後ろのドアを開けると、バックを入れ運転席に乗り込んだ。道路には雪がないので、四輪駆動にスノータイヤをはいた乗用車できていた。幸子が助手席に座ると、すぐに車を走らせた。

車を走らせながら、従兄弟の正雄の兄、茂が朝家を出たきり家に戻らないと言い、さがしていると伝えた。茂は精神的な病で、入院をしていた時期もあった。幸子には普通に見えたが、突然、神様の話や宇宙の話をしだすのだと言う。二月の北軽井沢にしては、穏やかに晴れていた。浅間山は、雪でおおわれているが、鮮明に見えていた。

「幸子、試験はどうだった」と、古賀が聞くと、

「まあ、まあかな。たぶん大丈夫」

「発表いつだって」

「三月の一日。お金頼みますよ」

「孕身の牛、二頭近いうちに売る予定だ。心配しなくても大丈夫だ」

古賀の家の牛舎が見えてきた。

「幸子、家に着いたらお母さんと二人で搾乳やってくれや。俺は正雄の家に行ってくるから」

「わかっていますよ。調子の悪い牛はいないの」

「みんな元気だよ」家の庭に車が止まると、幸子はドアを開け、手荷物だけ持って凍りついた土の上をポンポン飛ぶように走って玄関を開けた。

「ただいま」と、大きな声をかけた。じいちゃんとおばあちゃんが出てきて、

「お帰り。東京はどうだった。うまいもん食べてきたかい」

「試験に行ってきたのよ。今、お土産出すからね」

古賀は、ボストンバックを玄関に下ろすと、

「正雄の家に行ってくるから」と言った。茂は、朝七時ごろ家を出て道路を歩いているところを目撃されていた。春江は子牛の世話をしていた。

「正雄から何か連絡あったかい」

「さっき電話で、お巡りさんも探してくれることになったと言ってたよ」

「夜になるまでに、見つけないと。寒さでやられてしまうからな。搾乳は幸子に頼んでおいたよ」

「あいよ。茂さん、可哀想な人だよね。心が優しすぎるから。精神を病んだのよね」

「高校生の頃までは、普通だったものな。まあ、行ってくる」

　春江が、搾乳の準備をしていると、幸子が、

「お母さん、ただいま」と、作業服に帽子をかぶり牛舎へ入って来た。

「やっぱあ、北軽は寒いね。東京は人が一杯で。なんだか、ずいぶん疲れる街だね」

「どうだった。大学に入れそうかい」と、春江が聞いた。

「自分の採点では、自信あるんだけどさ。発表になるまでは、わからないよ」

「発表待ちだね。幸子と搾乳するの、久し振りだね」

「受験勉強で、結構頑張っていたからね。おや、我が家のホープ、プレスタ様も元気でしたか」と言いながら、白い牛のお尻を撫でた。プレスタは、昨年の秋の群馬県の共進会でチャンピオンになった牛だ。

春江と幸子は、大きな声で話をしながら、湯気の出ているタオルで乳を拭き、ミルカーをつけていった。

途中から徹が入り、恵美がはいるころには、搾乳は終わり後片付けをしていた。二人は、幸子を囲み、土産話を夢中になって聞いていている。

「さあ、行くよ」と春江が声をかけると、牛舎を出ていった。凛とした夜空に、誰にもきづかれずに星が流れて行った。

その夜、古賀は十時を回ったころ帰って来た。徹と恵美は自分の部屋で、じいちゃんにばあちゃんは、テレビを見ながら幸子と春江は台所で話をしながら、古賀の帰りを待っていた。

「茂、帰って来たよ。なんだか歩いているうちに、どこを歩いているのかわからなくなってしまったんだと」

「何時ごろ、帰って来たの」

「八時頃だ。佐々木さんが車に乗せてきた」

「けがはなかったの」と、春江が言った。

「みんなが捜していたことを知って、すみませんでしたって、頭を下げていた。もう普通に戻っていたんだな」

「小学校の頃は、勉強できたものな」

幸子は、古賀の話を聞きながら、茂さんのことを考えていた。朝家を出て歩き出してしまった。なんだかわからないうちに、気が付いたらどこだかわからなくなってしまった。どうしてここにいるのかもわからない。想像したらなんだか悲しい気持ちになってきた。何にも悪くはないのに、すみませんって謝っている。その姿を思い浮かべると涙が流れてきた。

古賀と春江が布団の中で、茂のことを話していた。

「おれ、病気でないと言って、一週間ばかり薬飲まなかったんだと」

「何を考えて歩いていたのかね」

「もう少しで、危ない所だったんだと。佐々木さんが見つけた時、もうろうとしてたみたいで、車から降りて、茂と呼んだら、コックリうなずいたんだと」

「正雄君も、気が気でなかったろうね」

「この間、牛一頭死んだばかりだからな。ついてないんだ。それから、正雄の家で耳にしたんだが、榛名町の前田さん亡くなったてよ。一月ほど前に」

「まだ若いでしょうに。六〇歳なるかならないかでしょ。お父さんと、一度牛見に行ったことあったわよね。何かの病気」

「うつ病になっていたんだと。それと酒で肝臓やられていたみたいだな」

「気を付けてくださいよ。タバコも吸い過ぎないでね。体が資本なんだから」

「正雄君誘って元気が出るように、カラオケでもやりますか」

「そうだな」古賀は春江に背を向けて、眠り落ちていった。春江は、まだしばらく寝付けないでいた。

翌朝、正雄が古賀の家に顔を出した。「お世話になりました」と、村中を回っているらしい。ランルも泥だらけだった。

3

北軽井沢に春が来た。四月、幸子は大学に合格し、入学準備と称して、あちこちと飛び回っている。

古賀は、雪の解けたパドック（運動場）に、今年初めて、搾乳の終わった牛たちを出した。牛たちは、首のチェーンをはずしてもらうと、始めのうちどこへ向かってよいのか分からない感じで、もたついていたが、古賀の「オーレ」という掛け声で、出口の方へゆっくりと歩いていく。扉のところで、春の穏やかな空気を、一息吸い込むと、尻尾を直角に上げ、目を真っ赤にして、パドックへ走り出していった。泥に顔を埋める牛、頭を撃ち付け合っている牛がいる。牛たちも春を感じているようだ。

「怪我するなよ。そんなにうれしいか」

古賀は、牛たちに声をかけ、しばらく見つめていた。

「おとうさん、ご飯」春江が呼ぶ。

「はいよ」

古賀は、パドックの入り口にチェーンをかけ、作業服を脱ぐと、牛舎を出て行った。

「朝からタラの芽の天ぷらと、コゴミのおひたしか。いいね」

「この春、一番に出たやつだ」と、じいちゃんが、美味そうに食べる。

「後、一週間ぐらいで、ウルイも食べごろになるぞ」と、じいちゃんが話す。

じいちゃんは、北軽井沢に入植して五十年になろうとしている。春、どこに最初にタラの芽がでて、コゴミやウルイが顔をだすのか、良くわかっている。

「幸子は、どこへ行った」

「友達のところよ。バイクに乗って」

「徹に恵美は」

「部活で、学校よ」

「春休みいつまでだい。牛舎の掃除でも、明日手伝わせるか」食事が終わって一服しているところへ、「こんちわ、じいちゃんいる」と、新井さんが来た。新井さんは、古賀の家から一キロほど離れたところで牛を飼っている。古くからのじいちゃんの知り合いだ。

「珍しいね、どうかしたのかい」

「暖かくなったね。もう、雪降らねえといいなあ」春江が、新井さんにお茶を入れて差し出した。お茶を、ひとすすりすると、

「おれ、いろいろと考えたのだけれど、牛飼い辞めようと思って」

「どうした急に。乳も結構出ているって聞いていたけど」

「それがさ、長男は嫁をもらって前橋に住んで、サラリーマンしている。後を継ぐ気もねえようだし。二人の娘らも、高崎と大宮で働いていて、帰る気はなさそうだ」

「新井さん、幾つになるね」じいちゃんが聞くと、

「六十八になる」

「北軽にきて、何年だね」

「四十年になる」

「早いのう」じいちゃんが、ため息をついた。

「今なら牛を売り、農機具も出し畑も売れば、借金、返しても家と畑一枚ぐらい残りそうだ」

「借金、どのくらいだ」

「一千万と少し」

「配合飼料は、円安の影響で、高くなるばっかりだし、乳の値段は思うようには上がらない。やっと食っている」

「そうだいの。乳の値段は下がるばかりだな」

「親父と一緒に、牛飼いを始めた頃、牛乳は高く売れた。少しぐらい水が混じっても、農協は知らん振りで持っていった。だけどよ今じゃ、脂肪が三、五パーセント以上、体細胞が、三十万以下だって、わしには、ついていけなくなったよ」

話を聞いてうなずいていたじいちゃんが、

「ばあさんよ。新井さんに、酒持ってきてくれや。俺にも頼む」と、言った。

「牛飼い辞めて、どうするね」

「かみさんと二人だけだから、八ツ場ダムの工事にでも行くべと、思っている」

ばあちゃんが、コップ二個と一升ビンを持ってきた。

「新井さんが、牛飼い辞めるとよ」

ばあちゃんは、黙って座ると、コップに酒を注いだ。

春江が残り物の、タラの芽の天ぷらを皿に盛り付けてきた。

じいちゃんは、コップに注がれた冷酒を一口飲むと、

「新井さん、俺たち、一生懸命働いてきたがね。一年一日も休まずなあ。今じゃ、ヘルパー組合もできて、年に何回か家を空けられるようになったけどさ」

「そうだいの。冬は今よりもっと寒かったし、掘っ立て小屋みたいな、ちっぽけな家だったものだから、朝おきたら、部屋の中に雪が積もってた」

「歯食いしばって、俺たち、何で牛飼いやってきたのかな」

「三日前、農協で会議があってさ。北軽の酪農家五十四軒のうち、近いうちに牛飼い辞めるという農家が、十軒もあると。新井さんのところはまだいいのかも知れねえ。補助金もらって堆肥舎新築して、借金かかえて、辞めたくてもやめようがない家もあるって、理事が言っていたな」

古賀が二人の会話に加わった。そして、自分の家の、経営状態を考えていた。

搾乳牛、三十二頭から出る乳の売り上げ代と仔牛や孕身牛などを売却した総収入は、約三千万円。そこから、餌代やトラクターをはじめとした、農機具の借金を支払うと、六百万ほどが残る。春江と古賀が、毎日休まず働いた手取りとしては、けして多い額ではないと。新井さんは、三時頃家に帰っていった。奥さんと二人きりの家に。牛たちが待っている家に。

四時頃になると、古賀と春江の二人で、搾乳が始まった。

「徹、牛飼いやるか、わからないよな」

「徹より私、恵美の方が向いていると思うけど」

「幸子は、大学卒業すれば、就職するだろうな」

「恵美に婿さんでも、もらいますか」

「そんなに、簡単にいかないよな。新井さんの歳まで、後二十年しかないぜ」

「お父さん、そんなに若かった？」

「何すればいい」この春、中学三年生になる、恵美が牛舎へ入ってきた。

「徹と幸子は、どうした」

「姉ちゃんは、まだ帰ってないよ。徹は、腹減ったって。カップ麺食べているよ。」

「恵美は、バレーボールしてきて、腹へってないのかい」

「私は、パンをかじってきたもの」

「キャプテン、ご苦労様です」春江が言うと、

「ガッテンダ」と、恵美が言う。

「ブラックアンドホワイトショウ（春の共進会）に、どの牛だすの？　おとうさん」

「右側の、四番目の牛が、初産の部。それとちび牛が一頭」

「おとうさん、二頭だけ。少ないね」

「今年は、忙しくてね。それどころじゃなくてさ」

右側の四番目の牛の後ろに立った恵美は、牛を見まわして、

「乳房の幅はある。付着も高い。肋の張りがもう少しというところかね。おとうさん」

「恵美も、牛が分かるようになってきたかね。共進会で、牛引くか」

古賀がうれしそうに話かけている。

「何日だっけ」

「恵美、その気かい」春江が大声で言うと、

「いいともさ」と、恵美が答える。

「それじゃ、おとうさん、私に引けるぐらいに、調教しておいてね。私も、引く練習しよう。それに、腕立て伏せもしなくちゃね」

搾乳の終わる頃、徹が牛舎へやって来た。

「もう、終わりかい」

「まだ、餌くれがあるぞ」

「徹の分、ちゃんと残してあるよ」と、恵美が言う。

「幸子は、まだかい」

「さっき帰ってきたよ。おばあちゃんと、夕飯の仕度。タラの芽の天ぷらと、コゴミのおひたし。春は、これ多いよね。育ち盛りの俺としては、かなわないよ」

「山菜はな自然からの贈り物だ。タラの芽、コゴミ、ゼンマイ、ウルイ、ウド、フキノトウにセリ、長い冬に雪の下でじっと耐えているんだ。春にしか食べられないから、春に食べる。ビタミンたっぷりだぜ」

「それは年寄りの言うことだよ」

「徹、一丁前になりましたね」と恵美が徹の頭をこづいた。

「おとうさん、先に行くよ」

恵美と徹は、先に出た春江を追い越していった。

古賀は、竹箒で、牛たちが食べ散らかした餌をよせている。新井さんとじいちゃんの会話を反芻しながら。何とか、家族を守らなくちゃ。金は出て行くばかりだけれど。

「おめえは良く食べるな」一頭の牛のまえでたち止まった。

「もう少し、乳も出してくれれば、いい牛なんだけれどな。まあ食べろや」

隣の牛の残った餌を、良く食べる牛の前に移動した。

「肉に成るか。〇一五七の影響で、輸入牛肉は安くなっているけど、国産は、ばあさんでも良い値がつくって言うからな。明日から、肥育の餌をやるぞ。一杯食って、太って肉になるべな。ガタイがいいから八〇〇キロに成れば、三〇万円ぐらいになるだんべ」

古賀は、ガツガツと餌を食べている、牛の頭をなでている。


古賀が母屋へ戻ると、春江と幸子が東京のアパートへ持っていくものの、荷造りをしていた。ワンルームで、一通りの家電製品はついているという。

「幸子、引っ越しいつだ」と、古賀が聞くと、

「荷物は宅急便で送るから、段ボール四個ぐらいだよ。あと足りないものは、東京でそろえるから」

「私、幸子について行って、東京へ行ってきますね。朝早く出れば、夜には戻れるから」

「折角行くんだから、一泊してこいや。何日だい行くのは」

「入学式が十日だから、九日ね出るのは」と幸子が答えると、

「入学式出てこいや。めったにない事なんだから」

「そうするかな。幸子いいかい」

「もちろんよ。ほんとはね。お父さんにも見てほしかったの。私の通う大学。でもね、二人して家を留守にするわけにはいかないだろうしね。卒業するまでには、お父さんも見に来てね」

その夜、恵美も加わり、女三人で十二時近くまで話こんでいた。

春といっても、北軽井沢は未だ桜が咲くまでには、時間がかかる。幸子は東京の生活に、不安と希望をもって旅立っていった。残された古賀達家族には、一人暮らしでホームシックにかかり、泣いていないだろうかと、幸子の話が続いた。

4

古賀は、お気に入りのトラクターのファーガソンのキャビン付きに乗り、草刈に出て行く。七月から八月にかけては、冬季間に牛たちの食べる牧草の収穫をするため、猫の手も借りたいほどに忙しい。昔なら、天日乾燥するため、牧草を刈り取ってから晴れの日が三日ほど必要だったが、今は、機械化が進んだおかげで、刈り取った翌日にはロールベーラーで収草し、ビニールでぐるぐるに巻いてラッピングしてしまう。ロールの内では一週間ほどたつと発酵が始まり、一月もするとサイレージに出来上がる。仕事も速くなり、体も楽になった。ラッピングしたロールは、ひとつ五百キロにもなるので、人の力ではびくともしない。すべてトラクターによる機械の仕事になった。体は楽になったが、そのぶんに、借金は増えることになる。

朝の搾乳を済ませて朝食を食べると、夕方の搾乳までトラクターに乗り続けることもある。雨が降りそうな予報が出たときなどだ。それとは逆に、朝から雨が降っていると、普段出来ない仕事になる。トラクターの整備をしたり、牛舎の片付けなどがある。牛の台帳を整理することも、ついたまってしまう仕事だ。

昨日の夕方から雨が降り出し、今朝になっても、やむ気配がない。今日は、トラクターに乗ることもできないので、古賀は牛舎の中の片付けでもしようかと考えていた。春江は軽井沢の町へ買い物に行くと言っている。

こんな日は、客人も多い。雨だから外仕事が出来ない事を見越して機械屋だの、農薬だの餌屋さんだのと、酪農に関係する業種の営業マンがまわってくるのだ。

いつもより少しのんびりと、仕事をしているところへ、同級生の松さんが来た。松さんも牛飼いだ。規模は、古賀のところよりやや小さい。

「じゃまするよ」

「めずらしいな。どうかしたんか」

「たまには、顔を出さないと。同級生だからね」

「この間、農協へ行ったら、松が規模拡大するって話で、盛り上がっていたぜ」

「聞いたかい。まあその話できたのだが。古賀に聞いてもらおうと思って。今日は一日雨のようだし」

古賀は仕事を打ち切り、松さんといっしょに、母屋のほうへ移動した。玄関を開けるとすぐにテーブルがあり、作業着でもお茶など飲める造りになっている。母屋は、新築して三年目の家である。

古賀はコーヒーカップ二個を取り出し、インスタントコーヒーを入れ、お湯を注いだ。松さんにはそのままブラックで、自分のカップには、シュガーポットからスプーン二杯の砂糖を入れて、かき混ぜた。

「搾乳牛五百頭を目指すよ」

松さんが口を開いた。いまが三十頭だから気の遠くなるような飼養頭数を目指すと話し出した。松さんは、いま考えていることを、噛み砕くように一つ一つ、古賀に説明した。古賀はそれを、黙って聞いていた。松さんが話し終えても、古賀は賛成も否定もしなかった。ただ、自分には途方もない話に聞こえてならなかった。二杯目のコーヒーを入れようと、立ち上がった。そして、胸のポケットからタバコを取り出し口にくわえると火をつけた。

堆肥の問題は松の考えているように、うまくいくのだろうか。北軽井沢は、ダムの計画もあり堆肥などの処理に関しては、非常に厳しい制約がある。もちろん、野積みなどは法律違反となる。

一家族で飼える頭数は、労働力としては、約五十頭の搾乳牛だといわれている。五百頭となれば農家ではなく、農業法人になるのだろう。労働力としては、十人程の人を雇用することになる。農家の親父でなくなり、社長という役割にかわることになる。牛の個体管理は今までのように台帳へ手書きしていくようなことではなくなり、パソコンで行うことになるだろう。餌に関しては、全部購入飼料となるはずだ。トラクターに乗って、サイレージを詰めたりしている時間はなくなるのだ。今まで以上に、牛を見る時間をつくらないと、わけがわからない状態になってしまう。自給飼料を作り、牛に給与するとしても、五百頭という数を考えると、何日分も作ることが出来ない。

古賀は、黙って、コーヒーを飲んでいる。松さんは共進会が好きで現在、群馬県の乳牛の改良同志会の、会長をしている。その仕事だって、忙しいはずなのだが。身体のことも気になった。少しほほがこけているなと思った。

松さんは、古賀に充分に話を聞いてもらい、満足した顔で昼前に帰って行った。古賀は自分には、五百頭の牛を飼う意味が分からなかった。リスクは今の何倍にもなるはずなのだ。

北軽井沢の町では、後継者がなく廃業する酪農家も目立ってきていたが、飼養頭数の規模を拡大する酪農家もあった。それでも、牛の頭数は二百頭止まりだ。

群馬県内では、昭和村の芳野さんをはじめ幾つかの牧場がメガファームと呼ばれる、五百頭ちかくの頭数を飼育している。日本国内に目をやれば、規模は二千頭にまで拡大している。

牛を飼っているのではなく、逆に牛に飼われているという話も聞くことがある。人を雇い、指示を出し、働いてもらう。牛の管理だけでなく、人の管理をするということは、今とは別の能力が要求されるのだ。


古賀は、この夜いつもより、多くのアルコールを飲んでいた。布団の中で一度は眠りに落ちたのだが、一時間もすると目が覚めてしまった。眠れないのだ。松が規模拡大し、メガファームを目指しているという。それに対して、自分の進むべき道はどうなのかと。

今の生活を考えてみる。三十頭の搾乳牛。草地で草を作り、自分の牛には自分の畑からの草を、全部とはいえないが、ある程度まかなえる。草地型酪農とは言えないまでも、泥だらけのパドックに牛を放すのではなく、草地に牛を放牧したい。北海道で見られるような風景。古賀の頭の中は、メガファームではなく、草を食べる牛たちのほうを、目指したいと思っている。

春江が、片付けを終えて、仕舞湯に入り、部屋に入ってきた。

「まだ、起きているの」

「まあな、頭がさえて、眠れない」

「頭が、さえている」

春江には、夕方の搾乳のときに、松さんの話をしていた。春江の結論も、古賀と同じであった。

「そんなにたくさんの牛を飼っても、意味ないでしょ。自分の畑で取れる草で、安全な牛乳を搾る。それでよいじゃないの。堆肥だってそんなに売れるものではないじゃないし。畑に散布すると言っても限界があるわけだからね、堆肥の山で押しつぶさるのは嫌でしょ」

夕方の搾乳のとき、春江は独り言のように話をした。古賀は、春江の意見に勇気をもらった気がした。他人と比べないで、自分の道を歩けばよい。

自分が立ち止まってしまったとき、春江が古賀の背中を力強くいつも押してくれる。口に出したことはないのだが、春江にはいつも感謝している。古賀にはないものを持っているのだ。

古賀と春江は幼馴染だ。同じ北軽井沢の町で生まれ、同じように酪農家で育った。春江の実家は、今も兄が立派に牛飼いをしている。無農薬で有機栽培の牧草を生産し、牛たちにはすべて自家の牧草を与え、自給率百パーセントなのだ。購入する配合飼料は、遺伝子組み換えをしていないノンジーエムのトウモロコシや大豆を使用したもの。搾った乳は、オーガニックミルクと呼ばれ、非常に高値で買い取り引きされている。群馬県でただ一軒の酪農家である。全国的に見ても、貴重な存在である。

「そっちへ行っていいか」

「めずらしいね。でも、今日疲れているからな」

古賀は、自分の布団から抜け出し、春江の布団の中に、もぐりこんだ。お風呂上がりのいい匂いがした。かみさんの、懐に手を入れると、柔らかな乳房があった。

古賀は、優しく乳房をもみながら、眠りに落ちていった。

5

北軽井沢には、祭りが少ない。歴史が浅いから、自分たちで作り上げなければならなかった。八月十四日に行われる花火大会と、二月の厳冬期に行われる炎の祭りが二十年以上続いている。最初はちいさな花火大会だったが、年々大きくなり今では出店もたくさん並び、街になくてはならない祭りになりつつあった。それでも規模は、ほかの所に比べると小さく、花火の上がっている時間は、一時間ほどである。

徹と恵美は、友達と約束があるからと昼間から出て行った。花火大会は古賀の家から歩いて五分ほどの広場で行われる。昨年の人だかりは、七千人とか言っていたので、ことしは一万人ぐらいを期待していると、祭りの実行委員は寄付を集めに来て話していった。確かに広場への道は、お昼すぎたころから渋滞が始まり、駐車場はパンクして、路上に車が並んで止まっていた。

搾乳を早めに終えて、春江とじいちゃんとばあちゃんは、庭に椅子を持ってきて、花火の上がる方を睨んでいた。古賀が腕時計を見ると、もうじき七時半になろうとしていた。

「もう上がるな」と言いかけた時、最初の一発目が打ち上げられた。会場からのどよめきが、地響きのように聞こえてきた。それから間を置きながら花火は北軽沢の街を照らし出した。

「花火はいいな」じいちゃんがぽつりと言った。じいちゃんは花火の音を聞くと、満州から命からがら逃げてきた少年時代に聞いた、大砲の音を思い出すらしい。

ロシア軍が攻めてくるから、大砲の音がどんどん近づいてきていた。港まで歩けば船が待っている。船に乗れば日本に帰れるからと、励まされて歩いた。飲まず食わずで体力のないものは、栄養失調で脱落していった。じいちゃんは、満州からの引き上げのことを話したがらなかった。五年ほど前になるだろうか。花火を見ていたじいちゃんが涙を流しているのを、古賀は見たことがあった。後でばあちゃんに聞いてみたら、花火を見ていたら満州からの引き上げのときを思いだしたそうだ。

満州へ行けば広い土地が手に入り、ご飯や豚の肉も食べられ、「兵役免除」になるという行政からの誘いがあった。じいちゃんの家族は、両親と九歳のじいちゃんに四歳の妹を連れて、日本が敗戦を迎える一年ほど前の一九四四年三月「前橋郷開拓団」として、満州に渡った。

日本が敗戦すると同時に、ロシア軍は押し寄せてきたと言う。十歳のじいちゃんは、五歳の妹の手を引いて歩いていた。体力のない幼い妹は発疹チフスにかかり、途中で葬ったと言う。

じいちゃんが生きて帰って来たから、古賀は今の自分がいる。遠くを見ているじいちゃんの顔には、連れて帰って来ることができなかった妹への、悔しさがあった。

国や、群馬県は満州へ行けば、広大な土地があり裕福な農業ができるからと、満蒙開拓団を募集した。群馬県からも大勢の人が海を渡って行った。行ってみると夢などどこにもなかったと言う。原野を開拓して、少しずつ作物を作ってきたが、戦争に負けたと言う知らせが届くや否や、満州を追われた。多くの犠牲の上に日本へ戻ってみれば、今度は北軽沢へ行けと追い出されるようにやってきたという。じいちゃんにとっては、夏の夜に打ち上げられる花火は、満州に置いてきた妹への鎮魂祭なのだ。

夜の十時過ぎ、徹と恵美が帰って来た。まだ会場にはたくさんの人がいると言う。古賀はじいちゃんのことを思い、じいちゃんは帰らぬ妹を思っているのだ。それぞれが思い出を抱いて、花火の余韻に浸っている。

祭り好きな幸子は、東京でしているアルバイトの関係で、明日しか帰って来れないと連絡が入っていた。大学は七月の半ばには、夏休みに入っていたのだが、始めたバイトが忙しくて、帰って来れないでいた。

「姉ちゃん、花火見たかったろうな」と、徹が恵美に話した。

「花火より、楽しい物見つけたのではないかな」

「花火より楽しいもの、何かな」

「子供にはわからないよね」と、恵美は大人ぶって答えていた。

「明日、姉ちゃんに聞いてみよう」徹は、自分の部屋へ入って行った。

「わたしも、勉強しなくてはね。お休み」と言って、部屋へ入って行った。夏祭りの終わりは、一人一人に寂しさが付いてくるのだ。

6

夏が過ぎ秋になろうとしていた。牧草の収穫も、ひと段落ついたころ、浅間山には、紅葉が始まろうとしていた。日は、一日ごとに短くなっているのがわかる。

群馬県の共進会出品牛を選ぶための、北軽井沢の地区予選が、これから始まろうとしていた。会場は、夏祭りが行われた広場で行われる。

古賀は、三頭の牛を連れてきていた。北軽井沢での共進会は、五月と九月の年二回行われるが、この秋の大会は、県大会、二年に一度開催される関東大会への、予選会である。昔ほどの熱気は、少なくなってきてはいるものの、みんな本気の顔をしている。

仲原のせっちゃん、佐々木さん、川島さんに同級生の松さんなどの、ベテラン勢に対して、二代目の若手が力をつけてきている。古賀も、全国大会へ二度出品しており、ベテランの一人なのだが、若手の勢いに押されつつあった。

共進会は、北軽沢に住む人々にとっては、祭りの要素もあり、小学校から子供たちが見学に来て、牛との触れ合いをしていく。

午前九時三〇分予定通りに一部の審査が始まった。ジャッジマン（審査員）は、家畜登録協会の、樺沢君である。まだ若いジャッジマンだ。

出品牛四頭の、真ん中に入り、一頭、一頭真剣な顔で、審査を開始した。約二十分で、序列を決め、順番に並べて、マイクを持ち、一番の牛から講評を始めている。

古賀の連れてきた牛は、三部、あとは経産牛で、初産の五部と七部である。三部の牛は、恵美が引くことになっていた。春の共進会で楽しい思いをしたらしく、秋の予選会は学校休んでも、参加したいと五日ほどまえに、家族みんなの前で宣言した。それを聞いて喜ばない親はいない。

三日前には、渋川に住む、友人の青木から電話があって、ちょうど休みの日なので、共進会を見に来るとの話しがあった。青木は伊香保温泉のすぐ下にある観光牧場で、乳牛の担当をしている。青木も牛好きで、十年前に千葉県で行われた共進会、関東大会で古賀と意気投合して、友人になった。眠るのをおしんで、牛の隣に横になり話をしたという。

三部が始まって、恵美が牛を引き出そうとするところ、その後から「おはようございます」と青木が声をかけた。古賀は「うん」と、うなずいて恵美の引く牛を見つめていた。恵美はジャッジマンの方を、真剣な顔で見ていた。共進会は、牛の体型を比較し、序列を決めていくものである。比較審査なので、第一印象がとても大切な役割となってくる。牛の歩行や、手入れのよさや引手の姿勢なども見られる。欠点のない牛はいないので、その欠点を、見せないように歩かせることが、リードマン（牛を引く人）の腕にかかっている。リードする人が緊張していると、牛も緊張して歩かなくなったり、暴れることがある。恵美はその点度胸がある。春江は古賀と青木の脇に立ち見ていたが、

「恵美は良い牛飼いになるかもね」と、つぶやいた。

「俺なんかよりうまいね」青木が、古賀に話している。

北軽井沢の地区大会は、群馬県ばかりでなく、近県からも、見に来るほど毎年注目されている。今日も、静岡から、名前の知られたリードマンが来ていた。優勝を狙う誰かから、依頼されてきているのだろう。そのうち分かるはずだが。

群馬県内の各地区で、選ばれた牛が、十一月三日、畜産試験場で行われる県大会に出品できる。今年度は、県大会で勝てば、群馬県代表として、茨城県で実施される関東大会へ出品とつながっているのだ。

三部の恵美の引く牛は、二番手に終わった。古賀にとっては、今日の本命は、五部初産の牛だった。久しぶりに、何年かぶりに、思うような牛に出来上がっていたのだ。恵美は、牛を古賀に渡すと、

「あー、緊張したな」と地べたに座り込んでしまった。

「恵美、緊張してたの。余裕で引いていたように見えたよ」春江が、笑いながら言う。

「これから学校行くね。先生から、終ったら来いと言われてた」

恵美は、おなかを押さえながら立ち上がると、春江が乗ってきていた車の助手席に乗り込んだ。

「家まで乗せていって」

「あいよ」春江が車に乗り込んだ。

午前の部が終わり、少し早いがお昼となった。古賀に誘われて、青木もついていくと、春江や、正雄さんたちも集まり、バーベキューが始まった。これは共進会の恒例となっている。昔ならすぐに酒盛りとなったのだが、今は誰も呑もうとしない。みんなウーロン茶やジュースを飲んでいる。

バーベキューが、あちらこちらで行われている。共進会で牛の序列が決まることも大切なことだが、

お昼のコミュニケーションも大事なのだ。

授精師の小柴さんが、バーベキューをしている古賀のところへ顔を出した。春江が取り皿と割り箸を渡した。小柴さんは、古賀が出品する五部の牛を見に来ていたのだ。古賀も、みんなと談笑していたが、早めに立ち上がり、午後最初に引く牛の手入れを始めた。小柴さんも、古賀と一緒に立ち上がり、古賀の後ろから黙って牛を見ていた。この牛の母牛は、全国大会にでており、名牛の系統なのだ。

「母牛の良いところをもらったな。そして、父牛リンカーンの特徴も、良く出ている」

小柴さんは、アメリカへ何度も行き、リンカーンの精液を、いち早く北軽井沢の酪農家へ持ち込んだのだ。古賀は、そのとき最初に生まれたメス牛を、大事に育ててきた。古賀の手入れをしているのを、後ろから見ていた青木が、

「すごい牛だね。乳房の幅、付着の高さは、申し分ないね」と、驚いた。

「まあな。いい線いっていると思うよ」

古賀も、自信の程をうかがわせた。

初産の部は、この日一番の頭数が集まり、八頭の争いとなった。バーベキューをニコニコ食べていた顔は、もうなくなっていた。審査をする樺沢君も、気合が入っているようだ。八頭の牛たちを、一回りした後一列に並べて、順番に牛を抜いていった。

最初に選ばれたのは、北軽井沢の若手のホープ横田君の大きな牛だが、リードマンは静岡から来たプロだ。古賀は二番手につけていた。乳房では古賀の牛が勝っているが、体高と身体のつくりで、横田君

の牛が、若干有利に見えると、青木は思っていた。

ほぼ、序列が決まったかと見えたが、一位と二位の二頭の牛を、ジャッジマンは前に出し歩かせている。じっと眺めていたジャッジマンの指が、古賀の牛を指名した。共進会で牛をリードしているものがしびれる瞬間だ。ジャッジマンの指差した意味は、

「あなたの牛が一番です。前に出なさい。」という意味なのだ。会場の人も、息を呑んで見ていたが、古賀の牛が指されると大きな拍手がわいた。場慣れしているはずの古賀も、照れながら、会場のみんなに頭を下げていた。青木も感動していた。小さな共進会なのだが、素晴らしいものを、見せてもらった気がした。

講評が終わり、首に大きなリボンを付けてもらって、帰ってきた牛は、古賀から青木にその引き綱が渡された。

古賀は、すぐに次の牛の出品準備に取り掛かった。

「この牛が勝ったら、最後、それ引いて出てくれや」と青木は、古賀から頼まれた。各部のトップになった牛が、最後にグランドチャンピオンを決めるために、全頭一度に並ぶのである。青木は車に戻り、何時もつけてある作業用のオーバーオールを着て、長靴に履き替えた。

各部の審査が終わり、古賀の思惑通りに、七部の牛も一番になり、グランドチャンピオンを決めるための、最終審査に青木が牛を引くことになった。

青木が五部の牛を引いて、会場に立っていた。牛を引きながら、「いい牛だな」と、惚れ惚れしてい

た。実に素直な牛なのだ。古賀の引いている七部の牛は、暴れててこずらせていた。一部から八部の牛が一列に並ぶと、樺沢君は、躊躇なく五部の青木がリードしている古賀の牛を、グランドチャンピオンに指差した。青木が牛を引き出すと、拍手がわいた。青木も牛飼いの端くれである。背中から汗が引いていくのを、感じていた。

共進会の片づけをしている、古賀のところへ、青木が挨拶に来た。

「今度は、県の共進会で」

「ハイヨ。これ持っていってくれや」

箱に入った、とうもろこしを手渡した。

「いつもすいません、古賀ちゃんの家のとうもろこし、甘いから、娘たちが楽しみにしていて。ご馳走様です」

春江は、家に帰って搾乳の準備を始めているのだろう。もう見えなかった。

「うちは、無理ですが、関東へ行けるといいですね」

「まあな。青木のぼろ牛見に行くよ」

口の悪い古賀が、青木をからかっている。

「じゃ、また」青木は車に乗った。

青木から、盆暮れになると、古賀のところへ、コーヒーが届く。古賀からは、夏にはとうもろこしが、暮れには、北軽井沢の特産品である、花豆を送っていた。もう、十年来の、付き合いになる。

青木は、夕暮れが近づいている北軽井沢の町を後にした。牛飼いにとって共進会は、仕事の中の一部であるのだが、以前のように牛の個体販売で、生計を立てている人も減ってきている。共進会で勝つことがすべてでないが、牛に携わる者には感動を与えてくれる。そこに立ったものにしかわからないことだが。

酪農家にとって、白い上下のユニホームに身を包み、ワークブーツを履き、共進会の会場で牛を引くことは、ステータスシンボルなのだ。

7

五月に蒔いた花豆が、古賀の家の畑でも、収穫の時期を迎えた。北軽井沢に、初雪が降るころ。浅間山の山頂は真っ白に雪化粧をしている。

日曜日、春江の号令の下で、恵美と徹が手に袋を持って豆を摘んでいく。地球温暖化のせいだろうか。赤い可憐な花を咲かせるのだが、実が入らない。年々収穫量が減ってきているのが気になる。

一反ちょっとの花豆の畑を、三人がかりで午前中一杯かけて収穫した。それから、殻に入ったまま天日に干すのだ。花豆は良い値で売れるのだが、古賀家では、収穫し自家で食べるほかは、知り合いの家に分けてしまうのが常である。

北軽井沢は入植者の集まりだから、伝統的な歴史を持った祭りはない。なにかを残したいという気持ちはそれぞれに持ち続けているのだが、なかなか生まれてこない。

最近では、夏は都会から多くの人々が避暑に訪れるようになった。土地の値段は少し上がったが、長野県の軽井沢の町に比べれば、まだ比較にならないほど安い。都会から人が流れてくることにより、永住するのであれば少しは町のためになるのだが、夏だけの避暑では弊害のほうが多い。

酪農家の庭に、自転車に乗って無断で入り込み、咲いている花を摘んでいってしまったりする。常識では考えられないことが起きるのだ。おまけに、「くさい」の連発で、自分たちのやった行為など、どこかへ棚上げにしてしまう。

もっとひどい話は、夏が終わると北軽井沢の街に、捨て犬や捨て猫が一気に増えることだ。夏休み、都会では飼うことのできなかったペットを飼う。憧れの生活を実行する。だが、都会に戻る時期になると、愛されていたはずの動物たち、犬や猫が、玩具のように簡単に捨てられていく。

古賀の家にいるダックスフントは、五年前の夏の終わり、餌を求めて牛舎に迷い込んできた。今はお腹を擦るほど太ってしまったが、古賀が見つけたときはやせていて、動けないほど弱っていた。

古賀は、やせた犬に、搾りたての生温かいミルクを飲ませた。学校から帰った徹や恵美が、喜んで犬の世話をした。おかげでダックスフントは、お腹を擦るほどの立派な体形になってしまったのだ。

古賀の同級生、松さんの家には、犬が三匹、猫が五匹も生活している。五匹の猫たちは、二階の事務所を住処にして、自由気ままに歩き回っている。三匹の犬たちは、一階のキッチンで暮らしている。いずれも、夏の終わりに迷い込んできた動物たちだという。

牛飼いの人は、動物好きが多い。考えてみれば、当たり前のことだ。動物が嫌いなら六百五十キロも、大きいのでは八百キロ近くまでなる牛を、生活の糧にしようなんて、はなから考えないだろう。

都会から訪れる人びとに、二年前から町全体でポスターや看板を作り、動物の命の尊さを、犬や猫を思いやる気持ちを、必死で伝えた。そのかいあって、最近では、捨てられていく動物たちの数は減ってきている。

花豆の収穫が終わり、牛舎に冬囲いをしようと、材料を集めていたところへ、授精師の小柴さんが来てくれた。小柴さんは、この道五十年の大ベテランだ。北軽井沢の牛の改良のため、毎年アメリカやカナダに行き、牛の改良の様子を見てきている。全国でも名の知れた酪農の町に北軽井沢を押し上げたのは、小柴さんの努力によるところが大きい。

現在、何人もの人が授精に携わっているが、後進の指導にも力を注いできている。古賀に牛の見方を一から理論的に教えてくれたのは、小柴さんだ。

「どうも、この牛」

「この発情、何回目」

「三回目だよ」

小柴さんは、左腕を肩まで捲り上げると、いつものように直検手袋を肩まではめた。カンシで手袋と服とを止めると、指先につばをつけ、牛の直腸に手を差し込みながら、糞を掻き出して、子宮や卵巣の具合を見た。

「古賀ちゃんよ。移植した方がいいな。卵管が詰まっている感じだよ」

「やっぱりな。いい発情なのに、止まらないからな。なんか原因があると思った。和牛で頼みます」

古賀は、小柴さんの左手をゴッドハンドだと思っている。子宮の中の状態や子宮頸管の溝の様子まで、目に見えない部分を手の感触で、絵に描いてしまうのだ。

現在、ＥＴ「受精卵移植」は一般的な技術となっているが、小柴さんが始めた、三十年前は、全国の平均成功率は十パーセント以下にすぎなかった。そのとき、北軽井沢の酪農家の移植の成功率は三十パーセントを超え、群馬県内でいつでもトップだった。それも、小柴さんのゴッドハンドと努力によるものだ。

小柴さんと古賀が、春江の入れてくれたコーヒーを飲んでいる。二人とも無口なほうなので、会話はあまり弾まない。心は通じ合っているから、言葉は要件のみとなることが多いのだ。だが、牛の話になると別だ。飽きることなく続く。

お酒でも入ったらなおさらのことで、ふだん無口な小柴さんの周りに酪農家が集まり、真剣に耳を傾けて聞いていることがある。小柴さんの話は、現代日本の酪農情勢から始まり、自分で見てきたアメリカの小さな町の酪農家に飼われている牛にまで及ぶ。その牛のどこが素晴らしいかを、聞いている人みんなをうならせるほどの説得力で語る。

小柴さんはこの秋に、群馬県から、長年の労にたいして表彰を受けた。そのとき、もうそろそろ引退したらという声があったそうだが、「俺から牛をとったら、この技術をとったら、何も残らない。からだが動き授精ができて、俺に頼んでくれる人がいるうちは、廃業はしない」と、きっぱりと言ったそうだ。

古賀は、北軽井沢の酪農部で、小柴さんの祝賀会を計画した。まだ日取りが合わず、実行されていない。派手にやりたいところなのだが、小柴さんは気持ちでよいからと言う。小柴さんのように地道に生きていきたいと、古賀はときどき思うことがある。親子ほどの年の差なのだが、とことん付き合うつもりだ。俺もそんな人生を、そんな牛飼いの道を歩いていきたいものだ、と思っている。

東京で学生生活を楽しんでいる幸子から夕べ電話があり、冬休みに帰ってくるという。夏休みには北海道へ旅行に行っていて、お盆に数日帰っただけだった。正月はゆっくりできるとのことだ。

酪農をやめようと考えている新井さんは、数日前にじいちゃんのところへ遊びに来て、来年の夏を目安に廃業することに決めたという。搾乳牛二十五頭は、それまでに順次売れるものから処分していくとのことだ。

古賀は、近いうちに牛を見に行く予定でいる。お付き合いで、二頭ぐらいは買うつもりだ。

五百頭搾乳を目指している同級生の松は、相変わらず忙しいらしい。金を借りるメドもつき、餌の関係もどうやら目星がついたようだ。来春、雪解けを待って、牛舎の工事に入るという。工事がすべて完了するのは年末になるとのことだが、搾乳施設と牛舎ができしだい、牛を北海道から導入することになる。牛舎がいっぱいに埋まるのは、一年後のことだと言う。

古賀は、自分にはできないことだとあきらめているが、自分の道は違うところにあると確信している。

古賀は松が失敗しないように応援してやることだと思っている。

古賀は、秋の共進会で群馬県でもグランドチャンピオンになり、茨城県で開催された関東大会に代表として出品することができた。結果は、優等賞の二席ではあったが、十分に満足のいくものだった。

夕方の搾乳をしながら聞いているラジオの天気予報では、明日から日本列島に寒波がやってきて、北軽井沢は大雪になるという。古賀はタバコに火を付け、ゆっくりと吸い込むと、ミルカーを乳房からはずして、隣の牛に付け替えた。

「おとうさん。大雪だって。やだね。冬囲いすんでいたっけ」春江が聞くと、

「大丈夫、終わっているよ」

古賀は答えた。北軽井沢の長い冬が始まろうとしている。

酪農家　静子

1

北軽井沢の畑の中を、救急車がサイレンを鳴らし走っていく。時計は午後一時を過ぎようとしていた。救急車が向っている先は、静子の家だ。

その日、静子と夫の幸夫は朝の搾乳をすませると、冬の間に食べさせる牧草のサイレージ詰めをしていた。幸夫がトラクターにつけたフォーレージハーベスタで刈る牧草を、静子がトラクターに牽引したワゴン車で併走して走り、牧草が満杯になるとサイロまで運んできて、サイロの中へ詰み込んでいった。

天気予報は、明日から雨が続くという予報が出ていた。昼ご飯を急いで済ませると、幸夫はサイロの前に止めてあるトラクターへ向って歩いていった。静子は、食器を洗いながら、台所の窓からその後姿を見ていた。「疲れているな」と、そのときふと思った。

八月の終わりから、十月の始まりは、空とにらめっこだ。雨が降り出せば刈り取りの適期を迎えている栄養価の高い牧草を収穫できなくなるからだ。サイレージの品質で冬の間の乳の生産量が決まってしまう。疲れた体に、鞭打って少しでも多くの草をサイロへ詰み込まなければならなかった。

台所で洗い物をしていた静子のところに、トラクターのエンジンがかかる音がした。その直後のことだった。幸夫の叫びのような声が聞こえた気がした。静子は、何が起きたか分からなかったが、台所から玄関へ行き、サンダルを履いて走りだした。トラクターに向かって走っていくのだが、夫がみあたらない。トラクターの後ろへ回ると、血だらけになっている夫が倒れていた。静子は震えが止まらなくなった体で、トラクターのエンジンをやっとの思いで止めた。

「あなた、あなた」

「失敗したな」

幸夫は血の気を失った青白い顔に薄笑いを浮かべた。静子は、裸足で母屋へ戻り、電話で救急車をよんだ。

「夫が、トラクターのシャフトにからまれて、血だらけです。はい。北軽井沢一三二五番地。吉田博一の家です。出血が激しいです」とやっとの思いで、静子は伝えた。

「これからすぐに出ます。緊急車両がつくまでに、シーツのようなものを裂いて、出血している部分を強く縛ってください。いいですか。今向かいましたので」

受話器を持つ手が、がたがた震えている。隣の部屋で休んでいた父と母に声をかけた。

「幸夫さんが、死んじゃうよ。幸夫さんが、死んじゃうよ」

「静子どうしたんだ。静子」

静子は、押入れを開けシーツを取り出したあと、台所の引き出しからハサミを取り出すと走って出て行った。父と母も、それを追った。

静子は、血が流れ出ている腕のところに、ハサミを入れ引き裂いたシーツをきつく巻きつけていった。父が、幸夫の名前を呼んでいる。母は、流れ出した血を見て、腰を抜かして動けなかった。その時、遠くからサイレンの音が聞こえてきた。救急車が着く。幸夫がタンカーに乗せられ、車内に運び込まれる。静子も乗った。救急車はサイレンを鳴らし軽井沢の病院へと向った。

その日の夕方、包帯に包まれた幸夫の亡骸が霊柩車に乗せられて、静子と一緒に帰ってきた。

吉田　幸夫　享年　四十二歳

幸夫は北海道の中標津町の農協で授精師として働いていたが、北軽井沢の農協から知り合いを通してぜひにと誘われて、男三兄弟の末っ子であることもあり、昭和四十四年に二十四歳で北軽井沢へやって来た。幸夫は、いつもニコニコしている温厚な性格と、確かな授精の技術で酪農家の信頼を得て、すぐに北軽井沢の酪農家に溶け込んでいった。

一方静子は、群馬県の北軽井沢で昭和二十二年に、酪農を営む吉田家の一人娘として生まれた。渋川市にある女子高を卒業すると、北海道の中標津町の酪農家へ、一年間実習に出たのち、実家に戻り両親と共に牛飼いを営んでいた。おとなしい性格だが思った事はやり抜くという芯の強さを持っていた。

静子と幸夫の初めての出会いは、静子が実習していた中標津であったのだが、その時はすれ違った程度で、静子の記憶には残らなかった。

幸夫が初めて静子の家に授精に来た時、静子のほうから、中標津に一年間実習していたことを話すと、幸夫は静子のことを良く覚えていると伝えた。

幸夫は、静子の家の牛群を見て回ると、

「いい牛がいる。少しサイズが小さいかな」

二頭ほど種雄の名前を言い、優先的に付けるとよいと言った。静子には、聞いたことのない種雄の名前だったので、

「そのオスだと、うちの牛たちはどう変わるの」

「明日、暇あるかい。あるなら、牛を見に連れていくよ」

次の日、静子は幸夫の車に乗り、群馬県内の牛の改良に力を入れている酪農家を見せてもらった。付き合いはそこから始まったのだ。

静子は二十二歳の秋、幸夫と結婚し二人の息子を産んだ。幸夫が静子の家に婿養子に入ると、野沢組からカナダとアメリカの優秀な精液をいち早く手に入れて、五年後には群馬で一番の体型の牛群にしてしまった。体型審査で二十五頭の搾乳牛の平均が八十四点となった。また、牛群の平均乳量は、群馬県で初めて一万キロを超えたのだった。四十二歳人生これからというときだった。幸夫を知る人はみな、早すぎる死を惜しんだ。夫を亡くした静子は三十八歳になろうとしていた。

2

長男の英夫は十六歳、渋川の高校へ通うために、渋川市内に下宿生活をしていた。英夫はその日の午後三時過ぎに、先生に呼ばれた。

「お父さんが、事故にあわれたようだ。すぐに北軽井沢へ戻りなさい」

学生服のまま、電車に飛び乗り万座鹿沢口駅に着いたときは、五時になっていた。駅を出て、公衆電話から自宅に電話をかけると、静子から父が亡くなったことを初めて知らされた。

静子からタクシーで帰ってくるように言われ、一台客待ちをしていたタクシーに乗り、車が走りだすと、英夫は涙が止まらなかった。

次夫が通う中学へ電話がはいったのは、六時間目の授業中だった。廊下を足早に歩いてきた担任の先生が、次夫を廊下に呼び出した。

「吉田、お父さんがトラクターでけがをしたと連絡が来た。今車で乗せていくから」

教室に戻ると、次夫はカバンを持ち、先生の車がある駐車場へと走った。次夫は家につくまでの間、助手席で歯を食いしばっていた。家の前に車が着くと、パトカーが止まっていた。庭を見るとトラクターの周りで、警官が動いている。そこには、じいちゃんがいた。家に入ると青い顔したばあちゃんが台所の椅子に座っていた。

「次夫、お父さんトラクターに巻き込まれて病院へいった」ばあちゃんは、やっとの思いで次夫に伝えた。次夫は、カバンを置くと、トラクターのところへ走った。じいちゃんが、次夫を見つけて歩みよってきた。

「いがねほうがいい。見ねえほうがいい」

じいちゃんは次夫の肩を抱いて、牛舎へ入っていった。


早すぎる死だった。葬儀は、二日後に自宅で行われた。北海道から、幸夫のすぐ上の兄と両親がかけつけ、変わり果てた息子の姿に言葉を亡くしていた。群馬県内から多くの酪農家が葬儀に参列した。静子は、涙も見せないで気丈に立ち振る舞っていた。葬儀の最後に、参列者にお礼の言葉を述べた。これからも夫の遺志を受け継いで酪農を守り続けると誓った。学生服を着た英夫と次夫が静子の脇で、肩を震わせていた。

まだヘルパー組合などできていなかったのだが、北軽井沢の酪農家と農協が相談して、朝夕の搾乳と餌の給与を代行してくれていた。葬儀もすみ親戚の者たちも帰り、家族だけで夕飯を食べていたとき、

「吉田さん、今夜はこれで帰ります。右側の三番目の牛が、産気づいています。あと一時間ぐらいで産まれそうです。よろしくお願いします」

応援してくれていた農協の職員二人が、挨拶をして帰っていった。

「いろいろと、お世話になりました」

静子は、喪服を着たまま玄関で見送ると、食事を残して自室に戻り喪服を脱ぎ、作業着に着替えた。玄関で長靴を履き二日ぶりに、牛舎に入った。

牛たちは、静子の顔を見ると、安心した顔つきになった。優しい夫はもういないのだ。産気づいてい

る牛の横に腰を下ろすと、今まで我慢していた涙が、とめどなく流れ出してきた。静子は夫が死んでから初めて声を出して、泣きだした。その泣き声は、牛舎の中いっぱいに響きわたった。牛たちは、反芻しながら静子を黙って見守っている。

しばらくすると破水が始まり、前足が出てきた。静子は、泣きながら立ち上がると、前足の太さからメスの仔牛だと思った。正常だこれなら心配はなさそうだと判断した。

「ホラ、サクラがんばれ。もう少しだ」

サクラという名前は、五年前、北軽井沢に遅い春が来て、静子の家のオオヤマザクラが満開の時に生まれたので、名付けたのだった。

母牛の、名前を呼んで励ましながら腹をなでている。仔牛が無事産まれたのは、それから三十分が過ぎた八時頃だった。仔牛を母牛の顔のところに近づけて舐めさせた。静子は搾乳準備室に行くと、バケツにお湯を入れ、味噌とビタミン剤にカルシウムをよくかき混ぜ溶かして、母牛の前に置いた。母牛は夢中で仔牛を舐めていたが、静子がバケツを置くと、鼻を近づけ臭いをかいだ後、うまそうに飲みだした。空になったバケツを持ち帰ると、今度はバケットミルカーをセットして、母牛のところへ運んできた。初乳を搾るのだ。搾乳機械のスイッチを入れると、牛舎の中にいつものミルクポンプの音が響く。バケツにお湯を入れ、殺菌剤を少し加えタオルを入れて運んだ。

「サア、立ってくださいな」

母牛のお尻をたたくと、母牛は首を前方に突き出し反動をつけて立ち上がった。乳房をタオルできれいに拭く。前搾りをする。ブツは出ていないのを確かめ、ピーエルテスターに乳汁をとり、試薬を入れてよく混ぜ合わせた。乳房炎ではないのを確認した後、ミルカーを着けた。透明なミルクホースの中を、黄色い色をした粘り気のある初乳が流れていく。いつもより軽めに搾りミルカーをはずした。乳頭にデッピング液を着け、ついでに仔牛のへその緒の中に、デッピング液を流し込んだ。搾った初乳を水管を使って哺乳瓶に移す。二リットルちょうど入れると、乳首をつけ仔牛のところへ持って来た。静子は左手で仔牛の口をあけ、右手で乳首を口の中へ入れる。二、三度乳首を出入りさせると、自分から吸うようになる仔牛もいる。仔によってまちまちなのだがこの仔は、すぐに吸い付いて飲みだした。

「いい子だ、たっぷり飲むんだよ」

静子が、仔牛に話しかけていると、あっという間に飲み終えた。準備室に戻ると、明日の朝の分をバケツにとり、バケットミルカーを洗った。一晩、仔牛は親のところに置く。これは幸夫のやり方だった。

「仔牛をすぐ母牛から、離してしまう人もいるけど、一日ぐらい一緒においてやろう。母牛は母になるし、仔牛には愛してもらったという記憶が残る。これが大事なんだ。親に舐められた牛は、必ず自分の仔も舐める。親牛が舐めると言う行為は、仔牛のにおいを消して、外敵からを守ると言う意味もあるんだ」

静子は、夫の言葉を、何度も何度も聴いていた。竹箒を持ち、餌をはき寄せ牛舎の電気を消したのは、九時を過ぎていた。

牛舎の外へ出ると、ぶるっとくる寒さだった。静子が夜空を見上げると、満天の星空があった。

「わりいな。先にいって。子供たち頼むな。それと、無理するなよ」

幸夫の優しい声がどこからか聞こえてきた。

「幸夫さん、何で。どうして先にいったの。まだまだやること一杯あるって言ってたじゃない」

静子は、心の中でつぶやくと幸夫のいる星空に向かって手を合わせた。

3

夫が亡くなって一週間が過ぎていた。静子は、冬の間の餌であるサイレージを詰め込まなければならなかった。農協に電話で、トラクターが乗れる人を一人応援に頼んだ。どうしても、二台のトラクターが並走しなければならない。一週間晴天がつづいてくれた。静子は、朝の搾乳を父と終わらせると、哺乳は父に任せて朝飯を食べ、農協の職員が来るのを待った。八時から四時まで、昼食を除いてトラクターを六日間乗り続けた。そのかいがあって、何とかサイロを満杯にすることができた。体はボロボロになっていたが、自分が倒れたら牛も倒れる。その思いでトラクターに乗りつづけた。静子の尻は、赤くはれ上がっていた。お風呂に入ると、ピリピリとしみるのだった。

そんな母の姿を見ていた次夫が仕事を手伝うようになった。中学二年生で、サッカー部に入っていたのだが、静子には内緒で部活はやめた。学校が終わると、家に帰り夕方の搾乳を手伝った。

「次夫、サッカーの練習はどうした」

「やめたよ。サッカーじゃご飯食べられないもの」

ぶっきらぼうの返事が、静子にはうれしかった。高校一年の英夫も、土曜日の授業が終わると、渋川駅から電車に乗り北軽井沢に帰ってきた。日曜日仕事をして、月曜日の朝戻っていくようになった。子供たちは時間があれば少しでも静子の手伝いをしようとしている。四十九日の法要を済ませると、北軽井沢は時折冬の気配が感じられるようになっていた。

九月の終わりに北軽井沢で乳牛の共進会が開かれた。静子の周りの人たちは、「無理しないでよいから」と言ってくれた。しかし幸夫が残してくれた遺産を見てもらいたかった。今年の春の体型審査で九十一点をもらった牛を見せたかった。群馬県で一頭だけ九十一点を取った牛だから。調教もやっている暇が無かったので少しうるさい。静子一人で引けないときは、農協の職員が応援してくれることになっている。

共進会が始まった。地区大会なので成牛の七部は五頭の出品だが、北軽井沢ならではの高レベルの牛が集まっていた。仲の良い、小金沢、真下、川島、佐々木らはベストの状態に近い牛を連れてきていた。ジャッジマン（審査員）は、登録協会きっての目利き上原だ。

会場を囲んだ大勢の人たちが、息を凝らして見ていた。静子の引く牛が、思うように歩かない。農協の職員が近づいてきて二人で引いた。

上原は、小金沢の牛を一番目に引いた。二番目に静子の牛だ。五頭を一列に並べると後ろに回り、腰の幅を比較した。小金沢と静子の牛をもう一度歩かせるように、指示した。そして、静子の牛を、トップに上げた。会場から、拍手が起きた。講評がはじまった。

「ここに並ぶ五頭は、さほど差がありません。そしていずれの牛も、大変すばらしく、さすが北軽井沢だと感じ入っております。トップにした牛は、体積と幅において群を抜いています。しかし二番目の牛に比べて、乳牛らしさ優美さは足らないかもしれません。どうぞ県大会までには、調教を積まれて優美な姿を見せてください」

静子と農協の職員は、牛を歩かせるにやっとで、見せる歩様にはほど遠かった。夫が死んでから、日常の仕事に追われ、夜中に牛を洗っていた。

こんな時に、共進会に出なくても良いだろうという人がいたが、夫はきっと喜んでくれると信じて、出品したのだ。


十一月三日群馬県乳牛共進会が開催された。地区予選を勝ち抜いた百二十頭が、群馬県畜産試験場の会場に集まった。北軽井沢から一部から八部までの八頭が出品されている。北軽井沢の人たちは遠いので、前日の夜に牛を連れてきて、車の中で仮眠をとる。静子は男達の中に混じり、牛の手入れをしていた。

静子の牛は七部で、十四頭がエントリーされている。夫がいるときには、すべて夫が引いていたので、静子は裏方でよかったのだが、今は自分しかいなかった。軽くお昼を食べて、出品の準備をしていた。緊張感が増してきて、のどが渇きだした。地区大会が終わると、毎日時間をとって調教をしてきた。牛は、外に連れ出しても落ち着いてきている。だが引き手の静子が緊張すると、それが牛に伝わり、興奮したりする事がよくある。

「幸夫さん、助けてね。頑張るから」

静子は何度も願うのだった。

午後の部が始まった。六部の牛が回り出している。一クラス約三十分で終わる。その間牛を引きつづけなければいけない。毛刈りは農協の職員の、名人がしてくれていた。トップラインもそろっている。七〇六という番号の入ったキャップをかぶり、農協の職員に牛の後ろについてもらって、会場へとゆっくり歩き出した。

会場では、六部の序列が決まりこれから講評に移ろうとしていた。北軽井沢の仲間、小金沢の牛が、トップを取ったようだ。

「さあ、行こうか」

静子は、牛にそっと呼びかけた。七部が始まった。出番の終わった北軽井沢の仲間が、静子の近くを歩いてくれた。牛が暴れるようだったら、すぐに応援に入れるように打ち合わせてあった。ジャッジマンが静子の牛を見ている。

「乳量どのくらいですか」

「五十二キロです」

「いい乳器だ」

ぽつりと言って、次の牛に移動していった。

ジャッジマンはまず一周をしてから、牛を選び始める。静子は、あっさりと三番目に選ばれた。静子は、胸をなでおろしていた。序列が一通り決まるまでは歩かなくて良いのだ。ジャッジマンがトップに選んだ牛を見ている。静子も見てもらいたくて、牛を前に引きだした。そして目立つように小さく弧を描き、戻ってきた。一位に選ばれているのは、長坂の親方が引いている。ジャッジマンは一番の牛から三番までの牛を、歩くように指示した。再度審査をするのだった。静子の牛を一番目に上がるように、指さした。さあ次だ。もうひとつ上がれば、トップになれる。だがそこまでだった。二番目であったが機能的な乳房であると言うことでベストアダー賞をとった。静子の思いは天国にいる夫に通じただろうか。

4

県の共進会が終わると、北軽井沢に冬がかけあしでやってくる。よく北海道と比較されるが、明け方はマイナス二十度近くまで下がり、北海道育ちの幸夫でさえ、寒さに震えることがあった。今その寒さの中で、静子は幸夫がいなくなった後を、家族全員で立ち向かおうとしていた。

搾乳は、朝五時から父が応援してくれた。すべてを終わりにすると、八時を過ぎてしまう。次夫は、六時ごろ牛舎へ来て、仔牛にミルクをやり、七時までの間手伝いをしていく。その間、母屋では静子の母が朝食を作り、弁当をつめてくれていた。学校へは、スクールバスが八時に迎えに来てくれる。家の門で待っていればよかった。冬の間だけ、チェーンを巻いたマイクロバスが、子どもたちを雪から守ってくれた。父と静子は、朝の搾乳がひと段落つくと、母屋に戻り朝飯を食べる。

冬の間は畑仕事がないので、体は幾分休める。朝飯を食べ終わると、ゆっくりとお茶を飲み、十時からサイレージの取り出しに掛かる。三十分かけて、リヤカーに山盛りに取り出す。雪の中約五十メートル、牛舎まで引いていくのが一人ではおおごとだった。

以前は幸夫が前を引き、静子が後ろから押した。手には手袋を二重にしてないと守れない。素手で鉄を触ると危険だ。静子は体から湯気を出しながら、リヤカーを一人で引いていく。雪がおおく積もった日は、リヤカーに載せるサイレージを半分にして、二往復することにしていた。

冬の晴れた日は、とりわけ冷えるが浅間山が美しい。雪におおわれた浅間山は、厳しさもやさしさも感じさせた。静子は生まれて三十八年、いつも浅間山を見続けていたのだ。幸夫も浅間山を見て、「いい山だな」と何度もつぶやいていた。浅間山は四季折々の顔を見せるのだが、静子は冬の浅間山を故郷の自慢の一つと思っている。

北軽井沢に春が来た。桜が咲くのには、まだ数日かかるつぼみの膨らみ具合だ。英夫の通う高校から、静子に学校へ来るように呼び出しがあった。英夫は渋川の、知人の家に下宿している。真面目な性格だと信じているから、突然の呼び出しに不安を感じていた。約束の午後一時少し前に静子の運転する車が高校へ着いた。職員室に顔を出すと、応接室へ案内された。まもなく担任の先生と、英夫が顔を出した。

「お忙しいところ、おいでいただき申し訳ありません。英夫君の進路のことでご相談がありまして。先日進路面接がありまして、以前は進学希望としていたのですが、今回就職希望に変えましたので。理由を聞くと、お父さんが亡くなられて、お母さん一人では酪農を続けられないから、進学せず家にかえり酪農すると言っております。私としましては、英夫君の才能を惜しみ、ぜひ進学する方向にならないかと思いました。本日お母さんと相談したいと思いまして。いかがでしょうか」

「すいません。家でそのような話聞いていなかったものですから。私としても、進学するものだと思っていましたので」

静子は、言いながら、英夫の顔をのぞき見た。

「母さん一人じゃ酪農無理だろう。俺が入るよ。父さんと同じになるまでは、時間が掛かるけど」

「英夫。心配してもらってうれしいけれど、大学行きなさい。小さいころからの夢だったろう。獣医さんになって、北軽井沢のために働くって言っていたじゃないか」

静子は、英夫の顔を見つめて、ゆっくりと話した。

「入学してから第一希望は、酪農学園獣医学部でしたからね。他にも獣医学部あるだろうと言っても、お父さんが出たところだからって言っていました」

「それでいいんだよ。お父さん喜んでくれるよ。母さんは、まだ若いから大丈夫。じいちゃんもいるし。いざとなれば、農協に応援頼むから。心配しないで、行きなさい」

「英夫君。お母さんの言うとおりだと思うよ。よく考えたら、大学進学したほうが君のためになるよ」

三十分ほどの話し合いで、英夫は進学すると言ってくれた。静子は帰りの車の中で、英夫の気持ちがうれしくて涙が流れてきた。その上で何があっても、英夫には獣医になってもらいたいと思った。


次夫は高校受験を迎えていた。英夫のように渋高を目指し大学へ行くという道ではなく、農業高校を目指していた。北軽井沢から通えるところでは、中之条農業高校がある。畜産にも力を入れており、立派な農場も持っている。

北海道の農業高校を目指すものもいたが、次夫は家から通い、少しでも家の手伝いをできるところを選んだ。サッカー部も辞めて、中学生の後半は、何も言わず静子の力になってくれた。トラクターの運転は、静子より上手に運転した。公道を乗るのは違反になるが、草地で運転する分には、違反にならないのだ。だが、公道も走らなければならない。原付に乗ったおまわりさんに会っても、

「気をつけてな。がんばれよ」と、見逃してくれた。

次夫は幸夫から、トラクターの運転を教えてもらっていた。ワゴンを牽引していても、思い通りにバックをするするとできた。

そんな家族思いの次夫なのだが、一度切れたことがあった。それは、兄の英夫と比較されたときである。遅い夕飯をみんなで食べていたとき、何気なく静子が英夫のことを褒めたことがある。それを聞いていた次夫は、

「オレだって、兄貴以上に働いているけど、褒めてもらったことないよな。なにかあればいつだって、英夫に相談してからって、オレにもたまには聞けよな、相談しろよな」

静子は、素直に謝った。知らず知らずのうちに、長男の英夫の方に、力が入ってしまうのだった。翌朝、次夫はいつもと変わらずに起きて、搾乳していたが、心の片隅にしこりを残すことになってしまった。

5

翌年、兄の英夫は、自分の夢であった、酪農学園の獣医学部に合格した。春から父の故郷である北海

道へと旅立つことになっていた。

英夫は、学生寮に入ることにしていた。部屋代も安いし、食事も好きなときに食べられるとのことだった。高校の三年間、家を離れて渋川で下宿生活していたので、一人暮らしは慣れていた。北海道で生活に必要なものを買う予定で、体ひとつで行くつもりでいた。

北海道へ旅立つ前の夜、静子は昼間のうちに買い物をして、搾乳もいつもより早く終わらせ、家族五人で夕食を食べた。静子は父と母のコップにビール注ぐと、英夫と次夫にもビールを注いだ。最後に、自分のコップにビールを入れると、コップを持ち
「英夫、頑張ってきな。乾杯」

グラスのビールを一息で飲んだ。外は春の雪がしんしんとと降っていた。

「家のことは心配するな。学生生活を楽しんでこいや」

じいちゃんが言う。

「夏休みぐらいしか、帰ってこられないけれどね」

英夫が言う。次夫は、みんなの話を黙って聞いていた。二杯目のビールを自分で注いで飲んでいた。

夕食が終わって、英夫が部屋に戻ると、次夫が部屋をノックして入ってきた。

「もう少し飲むかい」

ウイスキーの小瓶をポケットから出した。

「夏休み、北海道に遊びに来るかい」

「兄貴のいるうちに、一度は行くよ」

ストーブを間に挟み、兄弟はウイスキーの回しのみをしながら、別れを惜しんだ。

あまり会話が弾むことは無かったが、次夫は
「これから酪農はどうなっていくのかな」

と言う不安をもらした。

「フリーストールや、フリーバーンが増えるかもしれないな。アメリカでは、どんどん大型になってきているらしいよ」

「北軽も変わるな。二代目、三代目が変えていくんだよな」

「次夫、おれ大学卒業したらアメリカで何年間か修行してこようと思っているんだ」

「おふくろ、知っているのかい」

「まだ、話してないよ。十年ぐらいは帰れないかもしれないな」

「兄貴は、いつでも言ったことは実現するからな。おれとは違うよな。おれなんか、挫折の連続だものな」

「本当なら、俺が家を継がなくてはいけない立場なんだが、俺は無理だ。次夫のようにやっていく自信がない。俺は獣医として、いつかは北軽に帰ってくる。そのときまで、おふくろたちを守ってくれるか」

「オレも、高校を卒業したら一年ぐらいは、他人の家で修行したい。北海道の本場でな。おふくろにはまだ話してないけれど」

「そうだな。俺が見つけておいてやるよ。実習先なら」

「高校で世話してくれると言うから。大丈夫だ」

二人の会話は、十二時過ぎまで続いた。兄を見送り、弟は家を継いでいく決意を固めていった。

翌朝、静子は搾乳を済ませると、四輪駆動の自動車に、チェーンを巻いた。昨夜から降り積もった雪は、二十センチを超えていた。大通りに出れば、除雪がしてあるだろうが、そこまで出るのが大変なのだ。春の雪は水分を含み、滑りやすい。静子はジャンバーについた雪を手で払い落とすと玄関を開け、防寒ブーツを脱ぎ台所へ行った。一足先に搾乳から帰った、父や次夫が食事をしていた。そこには暖かな湯気が昇っていた。

「おふくろ、十時までに駅へ頼む」

英夫は、ボストンバックを持って、二階から降りてくると、玄関にバックをおいた。

「忘れ物ないかい。お金は大丈夫」

「しっかりとしまいました」

静子は、食卓に座りご飯と味噌汁を食べだした。

「英夫、ご飯は食べたのかい」

「食べたよ」

英夫は、ストーブの上にあるなべで温められているミルクを、愛用の大きめなマグカップにおたまでとり、インスタントコーヒーと砂糖を大匙一杯ずつ入れて、かき混ぜた。毎日飲んでいるホットミルクコーヒーが出来上がる。

「明日から、これも飲めなくなるな」

応接間のソファーに座り、テレビを見ながら、英夫がつぶやいている。英夫の膝の上に飼い猫のアイが飛び乗り、ごろごろ喉を鳴らしている。いつもの見慣れた風景なのだが、静子は、明日からこの風景が見られなくなるのかと思うと、寂しさがわいてきた。

静子も食事を済ませると、応接間でホットミルクコーヒーを飲みながら、新聞を読んでいた。

「羽田は、何時の飛行機に乗るの」

「午後三時二十分だよ」

「十時の電車で間に合うのかい」

静子は時計を見ながら言う。時計は八時半になろうとしていた。

「今から出れば、九時十五分の電車間に合うよ」

「おふくろ、それで頼む」

静子は、立ち上がり玄関で長靴をはき、車庫へと雪の中を歩いて行った。車のエンジンをかけゆっくり走り出して玄関の前で停止した。英夫は、じいちゃんとばあちゃんに見送られ、次夫がボストンバックを抱えていた。英夫に後ろのドアを開けてもらうと次夫はボストンバッグをおいた。別れは昨夜済ませておいたのだが、英夫の心の中に寂しさが広がっていた。英夫が助手席に乗り込むと、静子は、チェーンの音を響かせながら車を走らせはじめた。

6

英夫が大学に入り、三年半が過ぎようとしていた。季節は夏の終わりに近づいていた。高校を卒業して、北海道の中標津での酪農実習を一年半で終えて次夫が帰る日だった。

中標津は、母の静子が二十二年前に実習したところであり、亡くなった父の故郷でもあった。

電車のつく予定より五分ほど遅れて、静子の車が着いた。無精ひげを生やし、紙袋を両手に下げて、次夫が歩いてきた。一年半の間にずいぶんとたくましくなったものだと、静子は車の中から、次夫を見ていた。

「母さん、オレだよ。後ろのドア、開けて」

「次夫か、ひげでわからなかったよ」

静子は、運転席から降りて、後ろのドアを開けた。

「お帰り」

「ただいま帰りました」と言いながら、荷物を先に入れて、車に乗り込んだ。

「兄貴に会ってきたよ。真面目に勉強していたよ。彼女も紹介してくれた」

「そうかい。お父さんの実家へも行った」

「歓迎してもらったよ。親父に似ているって。母さんが実習したところへも行ったよ」

「勉強になったかい」

「北海道の高校生は、車で通えるんだね。三年生になると、免許とって、冬場みんな車で通学していたよ。北海道の酪農も群馬以上に厳しいものがあるようだ」

一年半ぶりに会った次夫は、よくしゃべった。家に着くと、紙袋から、じいちゃんへはアイヌの彫り物で熊、ばあちゃんへはチョコの詰め合わせ、静子へは酒のつまみとして氷魚（コマイ）に鮭の燻製を買ってきた。

「搾乳手伝うのは、明日からでいいかな。これから友達のところへ、土産置いてくるけど。車借りるよ」

「気をつけて行くんだよ」

次夫は荷物を部屋におくと、そのまま車に乗って出て行った。

次夫が帰ってきたのは、搾乳の終わった夜八時過ぎで、静子が食事をしているときだった。

「ご飯は食べるのかい」

「済ませてきたよ」

冷蔵庫を開けて、缶ビールを取り出し飲みだした。

「親父、死んで何年だっけ」

「もう六年だよ。今度の日曜日、七回忌だよ」

「オレも授精の勉強するかな。牛の改良にはいい種オスを効率よくつけることだから」

「高校の繁殖の授業で、やってきたろう」

「そのはずなんだけどな、身にしみてなかったのよ。排卵があって、黄体が出来て、ホルモン剤の使い方とか、一回でとめる技術、その辺のところ、兄貴に聞いてきたんだが、不足してるんだな」

「やってごらんよ。お父さんは、夏の間は昼間つけなかったよ。夜、授精して回っていたな。どんなに忙しくても、頼まれるとすぐに行って直検して、卵胞の状態を見てから、授精の時間を決めていたよ」

静子はご飯を食べ終わると、自室に行き少ししてから、長い包みを持ってきた。次夫の前で、その包みを丁寧に解いた。中から革のケースに入った注入棒が出てきた。

「お父さんの形見。まだ一度も使用していないのよ」

次夫に手渡すと、革のケースからステンレスでできた注入棒を取り出した。

「小原って彫ってあるよ。大切にしていたんだな。俺が使うには、もったいないな」

「そう、まだ早いよ。練習して腕前あげてからだね」静子はまた、丁寧に包んだ。

「明日から頼んだよ。サイレージの積み込みが遅れているからね」

「分かったよ。お袋。トラクターは整備してあるの」

「あんまりしてないのよ。今度雨が降ったら二台ともやろうか」

「明日の朝、見てやるよ。一時間ぐらいかかるけどね。オイルは交換してある」

「確か、春にやったと思うんだけどな」

「オイル汚れていたら、雨の日に交換するから」

酪農業を営むと言うことは、牛のことばかりではなく機械のこと、草地などの飼料作物のことなど、すべての知識と技術が必要になる。静子の得意な分野、苦手なところもたくさんある。トラクターを含めた農業機械は使いこなせているかと言うと、苦手としているところだ。次夫は北海道の酪農家で、牛のことも学んできたが、とりわけ農業機械の維持管理に時間を多くつかって教えてもらった。家族経営においても、一人一人が役割を持ち責任をはたすことが重要なことなのだ。

　今まで、搾乳や哺乳は父親が応援してくれていたが、もうじき七十歳に成ろうとしている。これからは、次夫に受け継いでもらわなければならない。兄の英夫は、獣医を目指して勉強中である。大学を卒業したからすぐに、役立つわけではない。何年間かは臨床の経験をつまなければならないはずだ。少なくても後五年は、北軽井沢には帰れないだろうと静子は考えていた。

　翌朝、次夫は目覚ましがなる五時少し前に起きた。静子より早く牛舎へつくと、電気をつけ前洗浄のスイッチを入れた。五分ほど経った頃、静子とじいちゃんが、入ってきた。

「おはよう、気合はいっているね」

　牛たちに、挨拶代わりにルーサンの乾草を配る。牛たちは、一斉に立ち上がりルーサンを食べだす。

「いいルーサンだね。これいくら」

「まだねぼけていいて思い出せないよ」

　と、静子が答える。

　静子は、お湯の入ったバケツからタオルを取り出し、乳房をふいた。漏乳している牛もいる。次夫がミルカーをつけると、ミルクは活きよいよくパイプラインの中を流れ出した。ミルカーは四台ある。静子と次夫は四台を付け終わると、ミルクの出具合を見ながら、終わりそうな牛の脇に腰を下ろし、手で少し力を加えて搾りきってやる。二十五頭の牛は、約一時間で搾り終わる。

　その後静子と次夫は手分けして、配合飼料とチモシーの乾草をくれていく。じいちゃんは三頭の仔牛に、粉ミルクを溶かして、バケツで飲ませていく。三人はもくもくと自分の役割をこなしていく。午前七時、いつもより三十分早く、朝の仕事が終わった。

「ちょっと、トラクター見ていくよ」

と、言いながら、次夫はトラクターが置いてある小屋へ向った。静子とじいちゃんは、母屋へ入っていった。

三十分ほど経ってから、次夫が戻ってきて、食事を始めた。

「おふくろ、六九〇はオイル交換したほうがいいな。一九〇の方は大丈夫だよ。飯食べたら、グリスアップしとくから。オイルは雨の日交換だね」

「あいよ、分かりました。オイル注文しとくからね。それから、これがルーサンの値段」

古ぼけた大学ノートを広げて見せた。餌のほとんどは、農協から仕入れていた。静子は暇を見つけては、納品書をノートに写して整理していた。

「おふくろ、パソコン買いますか。飼料の計算なんかもできるから。二十万も出せばよいのが買えるよ」

「次夫は使えるのかい」

「高校で使っていたよ」

「今度の雨の日、渋川の電気屋にいって、買ってきな。お金下ろしておくから」

次夫が帰ってきたおかげで、朝少しだけ余裕ができた。いつもより多めにホットミルクコーヒーも飲んだ。新聞も目を通した。静子は、洗濯機を回し始めている。

次夫は食事を終えると、食器を流しへ持っていった。マイカップに砂糖とインスタントコーヒーを大きなスプーンで、一杯ずついれて、ガス代にのっているなべの中の熱いミルクを入れて、よくかき混ぜた。

「うちのミルクもおいしいが、夏の北海道のミルクは特別おいしかったな。牛たちは昼間放牧場で、草を好きなだけ食べているから、なんとなく草の香りがするんだな。脂肪は四パーセントをはるかに超えている」

「私が実習していた時もうまいと感じたな。次夫、今日はサイレージ詰めするからね。六九〇でワゴンを引いておくれ。畑は三番行くからね」

打ち合わせが済むと、二人はつなぎに着替えて、出て行った。

静子がハーベスタで牧草を刈り取り吹きあげる。次夫がワゴンを引いて併走して、吹き出す牧草を回収するのだ。スピードをあわせ、一定の距離を保つ必要があり、息が合わないとなかなか難しい。

静子が刈りだすと少し後ろに次夫のワゴンがついて走る。次夫は中学生のころからトラクターに乗っているからなれたもんだった。畑を一周すると、ワゴンはほぼ一杯になった。

静子は、次夫にオーケーサインを出すと、次夫はゆっくりとハンドルを切り、サイロへ向った。三番の畑は、平らで使いやすい畑である。そして、サイロから五分位と、最も近いところにあった。サイロにはいくつかのタイプがあるが、国が援助して広めたスチールの気密サイロは、使い勝手が悪く故障も多いので借金が残っているが、使用していない。

今使用しているのは、バンカーサイロと言い、ブルトーザーで長さ約二十メートル、幅五メートル深さ二メートルの穴を作り、ビニールシートを引く。ワゴンを引いたトラクターがバックで入ってゆき刈り取ってきた牧草をシートの上に出すのだ。牧草でその空間が埋まるとシートで覆い、その上に重しをおく。静子は古タイヤを何本も乗せた。良いサイレージを作るには、牧草の水分が少なめで、積み上げた後鎮圧して空気を抜くことが重要だ。

冬季間サイレージを取り出すときは、手前から順次シートをめくり四輪駆動の軽トラに積み込む。以前はリヤカーで運んでいたのだが、静子は昨年軽トラを購入していた。バンカーサイロは、費用も掛からず取り出しも楽であり、使い勝手が良い。それに比べヨーロッパから入ってきた気密サイロは、多額の投資が必要な上、機械で取り出すのだが故障が多く、ほとんどの酪農家は国の補助で建てたものの使用していない。近代酪農のシンボルとして普及した気密サイロは、離れたところからの目印にはなったが、大いなる損失であった。何も知らない役人たちが考え出す農政の間違いだ。それを追求する人が、どうして出てこないのだろうか。静子はいつも思っていた。役に立たない見た目だけのスチールサイロに、まだ百万円以上の支払いがあるなんて、やりきれない話だ。

7

この秋の共進会で、静子が引いた牛が群馬県代表として、神奈川で行われる関東大会に出ることになった。北軽井沢地区で四頭の牛が選ばれていたので、農協が大型のトラックを出し、牛と荷物を運んでくれることになった。静子たちは自家用車で、相乗りしていくことになっていた。

関東大会は一泊二日だ。朝七時に出発し、会場のある平塚市へ昼ごろに着く。

登録協会の人たちがテントを張り、テントの中に電気コタツなどを置き、宿泊場所になった。トラックが会場につくとまず牛を下ろし、牛の寝床を作る。餌を運び、水を飲ませ、牛が落ち着きだしたら、洗い場に連れて行って、シャンプーで洗う。出品者は交代で糞とりなどの当番になり、牛のそばで夜を明かす人も多い。

群馬県の代表たちがテントで夕飯を兼ねて親睦会を始めたのは、午後七時を過ぎた頃だった。静子もテントの中でアルコールをのみ、牛談義に花を咲かせていた。九時にお開きになり、その後は思い思いに牛の見回りにぃった。一都六県から百四十頭ほどの牛が集まってきている。牛の周りで、他県の人たちとの交流が始まっていた。静子は初めてだったので自分の牛の前で、糞の当番に当たっていた。

そのころ、静子の家では搾乳を終えた次夫とじいちゃんがお風呂に入り、応援のため平塚に車で向かおうとしていた。夜十時に出れば、午前三時頃につく予定であった。

静子は糞の当番が終わり、十一時過ぎにテントへもどり、寝袋へ入った。少し寒かったので、寝袋のままこたつの中へ足を入れて眠りについた。

寝袋の中で寝ていた静子の携帯がなった。暗闇の中で、手探りで携帯に出た。

「吉田静子さんですか。こちら神奈川県警のものですが。息子さんが運転されていた乗用車が、事故を起こしまして、おじいさんは意識不明の重体、息子さんも意識はありますが全身打撲で、救急車で搬送されました」

静子の体の中の血の気が、一瞬ひいた。

「もしもし、吉田さん、聞いておられますか」

「はい、聞いています」

静子はやっとの思いで声を出した。寝袋から出て、詳しい話を聞いた。次夫の居眠り運転が原因らしい。病院が決まり次第連絡をしてくれることで、電話は切れた。夫の幸夫が死んだときを思い出し、体全体がふるえた。携帯で時間を確かめると、午前一時十分だった。登録協会の上原さんをさがし、ほかの人に迷惑ならないように声をかけ起こした。

「今警察から電話があって、息子の運転する車が事故を起こして、救急車で運ばれているところなんで、これから病院へ行かなきゃならなくなったの。共進会へは、戻ってこられないと思うの。後よろしく頼みます」

「どのあたりで事故したの」

「たしか、東名の川崎インターの近くらしいのよ」

携帯がなった。病院が分かった。

「今、タクシー呼ぶから待っていて。タクシーが来るまで腹ごしらえして。カップラーメン食べていきな。牛の面倒は見るから。心配しないで」

上原はカップラーメンにポットのお湯を注ぎ静子に渡した。

「一番近いタクシー会社聞いて電話してくるから、それ食べていて」

上原は、靴を履くとテントから外へ出て行った。

静子は、上原がお湯を入れてくれたカップめんを、食べる元気が出てこなかった。二人とも重症らしい。じいちゃんが最後だから、共進会の応援に行きたいと言い出したのは、静子が引いていた牛が群馬県代表に選ばれた翌日だった。その牛は、じいちゃんが特別に可愛がっていた牛だった。代表に決まると、牛洗いもじいちゃんがした。仕事がおわってから、次夫と来ればよい。家族で話がまとまり、農協へもヘルパーの要請をした。幸夫が死んでから、県の代表になかなかなれなかった。ぼんやりと思い出しているところへ、上原がタクシーの来たことを伝えた。

「吉田さん、タクシー代もっていくかい」

「少し貸してくれますか。何があるか分からないので」

「五枚でいいかね」

「ありがとうございます。面倒かけてごめんなさいね。何かあれば連絡しますので。皆さんによろしく伝えてください」

静子は着替えと荷物を少しだけ持って、タクシーに乗った。クシーから流れてくるラジオが午前二時をつげた。病院の名前を言うと、静子は目を閉じていた。じいちゃんや次夫の顔が浮かんできた。目をつぶっている間少しだけ寝たらしい。運転手から、

「着きましたよ」

と言われたのだが、自分がどこにいるのか理解するまでに、時間がかかった。

8

父の告別式が終わり、二週間が過ぎようとしていた。次夫は病院から退院してきてはいたが、事故のショックと全身打撲からまだ立ち直れなかった。

兄の英夫は、一週間ほど家にいたが、大学での研究も忙しいとのことで、北海道へ帰っていった。北軽井沢に、いつもの年より三日早く、初雪が降った。畑には、取り残された花豆が雪をかぶっている。母も父を亡くしてから、元気が出ない。

静子も力がわいてこないでいた。搾乳と餌くれを済ませると、布団の中に入り寝込んでいた。そして、同じことをなんどもなんども考え込んでいた。どうしたのだろう。私の人生不幸続きではないか。夫はトラクターの事故で死に、父親は、交通事故で亡くなった。布団の中で、静子は自分の家族の不運さをこぼしていたのだ。

このままでは、何もかもダメになる。幸夫さんが遺してくれた、牛たちを絶やすことはできない。少しでも、明るいことを考えるようにしたい。次夫や母に、元気を出して貰いたかった。それにはまず、静子自身が元気を出さなければいけなかった。

元気を出さなければと思うと、静子の体は重い鉛の体になっていった。何かが狂いだしてしまった。こんな悲しいときでさえ、牛飼いの生活は、牛に餌をやり、乳を搾らなければならなかった。休むことはできないのだ。静子が一人で、朝の搾乳をして、餌くれが終わって遅い朝飯を食べだす頃、次夫が起きてくる。

「おはよう」静子は、次夫に声をかけるのだが、返事がないのだ。

「次夫、体痛むかい」

「少しな。おふくろ、仕事したいんだけどな、体が言うこと聞かないんだ」

「おばあちゃんは」

「寝ているみたいだよ」

静子も、食事が終わると、布団の中へもぐりこんでいた。

静子は自分のことより今度は、次夫のことが気になった。居眠り運転は、疲れきった体によるものだ。休ませていなかったのは、静子の責任だ。明日、次夫と母を連れて、どこかへいこう。考えていると草津温泉がすぐに頭に浮かんできた。そうだ草津へ行けば治らない病はないではないか。行ってこよう。新しい年が来るまでに、みんな元気になろう。まずは、静子自身が元気を取り戻さなくては。


夜の搾乳が終わろうとしていたが一時間ほど前に破水した牛が、陣痛が弱いのかまだ足が出てこない。静子は、搾乳を終わらせると、バケツに消毒液とお湯を入れて、右手の服を肩まで押し上げて、バケツのお湯で腕を洗い、牛の陰部を洗い子宮に手を入れてみた。子宮は、静子の腕がすっと入り、拡張している。普通なら前足があるのだが、一本しか確認できなかった。その一本を触ると、かなり太い足だった。静子は、手を抜いて考えた。子牛はかなり大きなオスで、左前足が中にあり、肩が出口をふさいでいる。頭は右に曲がっている。難産だ。

獣医に電話を入れると、診療に出ていてあと二時間ぐらいはかかるという。静子は、母屋へいき、次夫の部屋をノックした。

「次夫、難産だ。手伝ってくれないか」

「次夫、起きて」

「わかったよ。今行くから」

次夫は、ベッドから降りるとゆっくりと作業着に着替えて部屋を出た。時計は九時になろうとしていた。次夫は事故の後、全身打撲の痛みは消えてきていたのだが、大好きだったじいちゃんを、自分の過ちで死なせてしまったという思いから、抜け出せないでいた。事故の前に、何で休憩しなかったのか。車を止めてひと眠りすれば、じいちゃんは死なないですんだのだと言う思いが抜けなかった。

牛舎へ行くと、静子は半そでのTシャツ一枚で、母牛のところに立っていた。

「肩が出口をふさいでいるから、まずは子宮の中へ押し返す。それから、左前足をひきだす。曲がった頭を出口のところに持ってくる。かなりの難産だからね。気合を入れておくれよ」

「わかった。中標津で一回似たことをやったことがある」次夫はそでをめくりあげた。

静子が、子宮に手を入れていくと、如何しても身長が足りなかった。

「おふくろ、俺が代わるよ」次夫が見かねて代わったが力を入れると、体のあちこちが悲鳴を上げだした。それでも次夫は、静子の指示どおりに肩を戻し、両足を引き出した。

「代わるよ」

今度は、チェーンを持った静子が、次夫に代わり両足に産科チェーンをとおして、引ける状態にした。

「あとは頭だな」

静子は、肩まで子宮の中に入れて、頭を正常の位置においた。

「ここからは、持久戦だぞ。ゆっくり母牛の陣痛に合わせて、ひくぞ」

静子と次夫が、力を合わせて引くのだが、大きな頭がなかなか出てこない。

「二人の力じゃ無理みたいだな」

次夫があきらめたような言葉を吐くのだが、静子は、

「ホーラ頑張れ。あと少しだぞ。次夫引いて」

と諦めない。集中していた。

「おふくろ、獣医さんがくるまで待とうよ」

「気合いれて、ひっぱっていますか」

牛舎の時計が十時をまわっていた。真冬なのに二人の体からは、湯気が出ている。

「さあもう一回行くよ」

二人は、ありったけの力で引くと、子牛の鼻先が出て、頭がでてきた。

「よし、今度は肩ね。ゆっくり行くよ」

頭が出てしまえば、肩はすぐに出るはずだ。

仔牛の上半分が出たところで引くのをやめた。仔牛の口から、羊水が糸引くように流れ落ちてきた。

静子は、口の中に手を入れた。もう出てこないのを確認すると、静子が仔牛の口に自分の口をつけ、鼻を手で押さえて、息を吐きだした。人工呼吸だ。呼吸をしていない仔牛に、必死で生きろという意志を吹き込んだのだ。仔牛が出たのは十時半を過ぎていた。静子の予想した通り、大きなオスだった。人工

呼吸のかいもなく、仔牛は息をすることはなかった。

横たわったっまま動かない仔牛を見ていると、静子の目から涙が一筋流れてきた。

「悪かったな。助けられなくて。もう少し早く気付いてやっていればね。獣医さんに来てもらえたのに」

静子は、仔牛と次夫に言った。

「なあ、おふくろそんなに悲しむなよ。精一杯やったじゃないか。仔牛は助けられなかったけど、母牛は助かるよ」

静子は、次夫の顔を見ると、次夫も涙をこらえていた。

「そうだよね。わかっているんだけどね。いいことないんだもの。母さん疲れた」

静子は、子供の前で弱音を吐いた。今まで、見せたことがなかったのに。

「おれがさ、働くよ。迷惑かけた分さ。もう大丈夫だよ」

次夫の優しさが、心にしみていく。

「おふくろ、腹減ったな。明日から仕事復帰するよ。よろしく頼むよ」

「明日ね、昼間三人で草津の湯に行くよ」

「おふくろの、親友のホテルかい」

「そう、元気のない三人で行くからって、電話したの。さあ、なんか作るかね。このお母さんに、スペシャアルな味噌汁飲ませてからね」

「俺、飲ませていくからさ、先に行ってラーメンでも作ってくれるかい」

「了解。後、頼むよ」

静子は、Tシャツの上にジャンバー着て母屋へ向かった。心の中で「次夫は、もう大丈夫だ」と、つぶやいた。


翌日は、朝から雪だった。静子と次夫は二人で搾乳を終わらせると、事故のあと届いた四輪駆動のワゴン車を玄関に着けた。コタツにいるばあちゃんに、静子は、

「これから草津温泉に行くよ。さあ着替えて」

少し声を張り上げた。

「おかあさん、行きますよ。まだぼけちゃ嫌ですからね」

「静子、なにもこんな雪の日に行かなくてもいいんじゃないのかい」

「また今度にしないか」

次夫も言う。

「ダメです。温泉に入って、死神にさよならしてくるのよ。新しい年を迎える前にね」

静子は母親を車に乗せると、車を走らせた。

「さあ行くよ」

草津温泉まではゆっくり走っても、一時間もあれば着く。道は除雪されている。草津の町に近づくにつれて、雪は勢いを増して降り出した。ワイパーが凍り付いてきている。

「寒いよな、今日は」

「次夫、若いんだから、いつまでもくよくよしてないの。死んだ人は生き返れないんだから。そして、人はいつか死ぬものなの。ねえおかあさん」

「静子なんか言ったかい。最近耳が遠くなってね」

「あのね、おじいちゃんと生きてこられて、幸せだった」ばあちゃんは、外を見ていた。

そして独り言のように語りだした。

「爺さんも、わしも、満州から体ひとつで引き上げてきたんだ。満蒙開拓で夢を持って満州に渡ったけんど、三年もたつとその厳しさに脱落していったんさ。戦争が激しくなってきて、ロシアが攻めてくるという話が聞こえてきたんだ。みんな歩いて港まで行って船に乗ったんさ。その港までいく間がひどかったんだ。食べ物はなんもなく栄養失調と発疹チフスが蔓延して、零下二十度という寒さんなかで、みんな死んでいっただ。爺さんが二十八歳、わしが二十六歳だった。満州で子供一人生まれたんだが、引き上げの時死んだんだ。それでも戦争に負ける前でよかった。やっとの思いで日本について、群馬に戻ってきたんだけれども、何にもないから出て行ったのだから、帰ってきても何にもなかった。満州から引き上げて来た人たちに、北軽井沢に入植しないがと国の方から話があったんだ。浅間山の噴火であちこちに溶岩がごろごろしていた。ほいでも、満州よりはずっとえがった。爺さんの家族とわしの父が助け合って、このあたりを開墾したの。寝る時間も惜しんで働いたよ。馬を買って木の株を引っこ抜いだり、畑も起こしだ。そのうちに乳牛が北軽井沢にはいってきたんだ。そしたら町は酪農地帯に変わってきたんだよ。忘れたくても、忘れられねえことだ。だれにも言えない時代のこと」

静子も初めて聞く話だった。満州から引き上げてきたと言うのは知っていたが、そのころのことは、じいちゃんもあまり話さなかった。

「苦労したんだな」次夫が言う。草津の町に車は入った。静子の同級生が嫁いだホテルがあった。車をホテルの玄関につけみんな降りて、フロントに鍵を預けた。静子の同級生が、女将としてやってきた。

「よく電話くれたね。ゆっくりして行って。一番良い部屋用意しといたからね。温泉にはいって、おいしいもの食べていってね」

三人は部屋へ案内された後、温泉にはいった。子どもたちが小学生のころ、幸夫と四人で一度来たことがあった。熱目のお湯に出たり入ったりを繰り返して、ゆっくりとはいったことを覚えている。

「おかあさん、背中流そうか」

静子が洗い場へ、手を引いていく。椅子に座らせてタオルに石鹸をつけ、背中をこする。

「気持ちいいかい」

「いいね。久しぶりだもの」

「頭は風邪引くといけないから、よしとくからね」

「残されたもんが元気出さなきゃね。ねえ静子。わかっているよ」

静子の頭の中から、暗い思い出が消えることはないが、明るいことを考えることはできる。英夫が獣医になって戻ってくることや、次夫に嫁を貰うことを考えれば、楽しい気分になる。露天風呂から雪が降るのを新しい気持ちで、眺めていた。人生はまだまだ、終わらない。牛飼いの人生は続くのだ。牛飼いのバトンは、英夫や次夫へ確実に手渡さなければならなかった。

BSE

1

二〇〇一年八月末、千葉県内の酪農家で飼養されていた乳牛が敗血症と診断され、と殺になった。九月十日解剖所見からBSE（牛海綿状脳症）の疑似患畜となり、九月二十二日、英国検査機関がBSEと確認した。日本で最初のBSE牛の発症である。

牛海綿状脳症とは、BSEプリオンと呼ばれる病原体に牛が感染し、牛の脳の組織がスポンジ状になり、異常行動、運動失調などの症状で死亡するとされている。

群馬県内にある赤城山のすそ野に広がる山里に住む酪農家足立幸一は、そのことを四十頭の乳牛を搾乳していた夕方、最後の牛にミルカー（搾乳機）を付け終わったとき、ラジオから流れてくるニュースで知った。

「ついに出たか。噂は流れていたからな」幸一が言うと、

「内も気を付けないとね」と、牛の食べ散らかした飼槽の前を竹ほうきではき寄せていた妻の生江が、独り言のようにつぶやいた。


ＢＳＥは、一九八五年四月、イギリス南部の牛飼いの同じ群れから九頭の牛が初めて確認された。イギリスはその原因は、配合飼料に混ぜられた牛の肉骨粉の疑いがあるとして一九八八年自国での使用を禁止した。しかし、肉骨粉はその後もＥＵや日本への輸出は続けていた。日本が肉骨粉の輸入を禁止したのは、イギリスで使用禁止にしてから八年後の一九九六年であった。その間に三百三十三トンの肉骨粉が日本へ入ったとされている。

イギリスは、ＢＳＥの原因になると知っていて、肉骨粉を輸出していた事になる。


「お父さん、先に行くよ」と、生江は竹ほうきを牛舎の隅に立てかけて、母屋の方へ歩いて行った。幸一は、いつもの手順で搾乳機を止め、四台のミルカーを集めて来て、洗浄のラインにセットすると洗浄のダイヤルを回した。

幸一はバルククーラーのそばを通り抜け、引き戸で区切られた事務室に入ると、椅子に座り机の右側の一番下の引き出しをあけ、牛台帳を取り出した。そこには現在いる牛が年齢順に、生年月日、人工授精日、出産日、疾病等の履歴が几帳面に記載されていた。一頭ずつめくっていくと、一九九六年以前に生まれた牛は十三頭いた。一番の高齢牛は、一九八八年生れの十三歳だった。酪農の世界では、年齢よ

りも何回子供を産んだかと言う産次数が重要な意味を持っている。幸一の牛群の平均産次数三、三は日本の牛の平均が二、一産次、それは二回出産すると何らかの原因で淘汰あるいは死亡しているというのに比べて非常に高い数である。そのことは足立家がいかに大切に牛を飼っているかの証であり、誇れることのできるところだ。

「幸一いるかい、頑張るね。家の方へ寄ったら、まだ牛舎にいると言うから」と、引き戸を開けて入って来たのは、一キロほど先で同じく酪農を営んでいる、幸一より五歳年上の山田だった。

山田に声をかけられ驚きながら幸一は、正面の壁に掛けられた時計を見ると、八時になるところだった。

「千葉県でＢＳＥが出たというからさ、危ない牛、五歳以上の牛見つけていたのさ。そしたら十三頭もいたんさ。」

幸一は、事務室の端にある冷蔵庫を開けると、中から缶ビールを二本取り出し、一本を山田に手渡すと、自分でもプルトップ引き、喉をならしながら三分の一ほどあけた。アルコール好きな山田も手渡されたビールを、勢い良いよく口にしていた。もうじき十月だというのに、昼間は残暑が厳しかったが、標高五〇〇メートルの山里は夜になると気温は一気に下がっていった。

「やっぱり、肉骨粉が原因だとするとどこの家もあぶねえのは一緒だな」と山田が言うと

「貧乏くじ引きたくないやね」

「そうだいの。可哀想に。千葉じゃよその家の他の牛も全頭殺されると言うじゃないか。それ意味あるのかね、いやだね」

「内にもいつつぶしてもいい牛は、二頭ほどいるけど、後は乳の出盛りだもの。もったいないと言うか、申し訳なくてつぶせないよ。山さん何か用事あったんじゃ」

「ＢＳＥの話と大したことはねえけど、秋の共進会に出す牛決めたのかと思ってさ。見に来た」

「気が早いね。まだ二月もあるよ」

「そうなんだけどね、直にコーンのサイレージ詰が始まると忙しくなるからな」と、言い終わると缶ビールを飲み干していた。

「もう一本いくかい」

「うちで飯食べる時飲まないとな。だからいいよ」時計は八時半を過ぎようとしていた。幸一も事務室の明かりを消して牛舎を出た。

「また明日来るよ。御馳走様」と言うと、山田は引き戸を開けて外に出ていった。幸一の前にはいつの間にか老犬のジンがお座りをして待っていた。

ジンは、十年前に息子の純一がもらってきた犬だ。幸一がジンの頭をなでると、ジンは幸一の後をついて母屋へ向かって歩いていく。母屋までの距離は直線で八十メートルほど離れている。母屋の庭に山田が乗って来ていた軽トラックが見え、車に乗り込む山田の姿があった。


「お父さん、遅かったね」と声をかけたのは、中二の長女里子だった。

「純一はまだ帰って来ないんかい。部活よく続くよな」

「三年生が引退してから、部員がたった十二人しかいなくなって、大変だって言っていたよ」

「サッカーは十一人でやるのにな。みんな試合に出られていいけれど、少な過ぎるな」

「進学校だから、みんな勉強に夢中なのでしょ。純一はのんきだからね。もう少し勉強してくれないと」

妻の生江が、台所で夕飯の支度をしながら話に加わった。仕切りのない居間には七十三歳になる祖母富江と里子がテレビを見ていた。

「先にお風呂はいってくださいな。まだ時間かかるから」

生江は、天ぷらを揚げているようだ。足立家の夕食は、夕方の搾乳が済んでから作り始めるので、いつも九時近くになる。

幸一が風呂に入っていると、「ただいま」と高校二年生の純一の声がした。

「腹へったよ。部活の前にパン食べたけど持たないよな」

「弁当の他に、おにぎりでも作ってもらって持って行きな」富江が真剣な顔で言う。

「それいい考えだね。お母さん聞こえた。明日から弁当の他に、おにぎり二個頼みます。よろしく」

「しょうがないね。里子テーブル拭いて、これ並べておくれ」

「了解しました」と、立ちあがると、台所へ行き手伝いはじめた。

「お父さん、そろそろ出てくださいな」生江が声をかける。

「はいよ、今出るよ」

幸一と生江は朝五時から搾乳に入り、ひと段落付くのは八時頃になる。子供たちは小学生に上がると、冷蔵庫を開け、あるものを勝手に食べて、学校へ行くようになっていた。そのころは富江も朝夕の搾乳を応援してくれていた。朝食がバラバラなので、必然的に夕食は一家そろって食べる習慣になっていた。

幸一の父親、富江の夫は十年ほど前に、病気で亡くなっていた。まだ六十代で、幸一がこれから牛の頭数を増やし規模を拡大しようかと考え始めていた時期で、突然の病は、計画を放棄せざる負えない状態にした。

2

二〇〇一年十月に日本政府は「ＢＳＥの感染源と考えられる牛由来の肉骨粉を、牛などの反芻動物を始め、全ての家畜用飼料として利用することを禁止する」という法律を作った。その他にも、「ＢＳＥ発生国から生体牛および食肉等の輸入を禁止」、「全ての国から肉骨粉の輸入を禁止」、「飼料工場において製造工程の分離等の交差汚染防止対策を実施」「と畜場でのと畜検査員による検査、ＢＳＥ検査を実施」、「農場での死亡牛のＢＳＥ検査を行い、ＢＳＥの発生状況を調査する」ことなど、多岐にわたる対策を立てた。

「国がよう厳しい対策作ったけれど、牛が病気になると、何でもない病気でも、もしかしたらＢＳＥでないかとびくびくしているのです。病畜でも昔ならと畜場で肉にして、いくらかでもお金にしたけれど、検査で引っ掛かったらと思うと、安楽死させて埋めてしまおうと誰でも思いますよ」幸一の所属する酪連で、ＢＳＥに関して緊急の会議が開かれていた。家畜保健所の人が新しくできた法律や国の対策を説明した後、幸一もよく知っている酪農家が発言したのだ。

「そうだよ。どこの家だって、ＢＳＥの牛なんて出したくないよ」

「みなさんの気持ちはよくわかりますが、しかしご協力していただかないと、前に進むことができません。よろしくお願いします」

「他に質問でも意見でもなんでもよいのですが、ある方はどうぞ」

進行役が少し間を取ってから、

「無いようですので、今日はこれで終わりにしたいと思います。お忙しいところ、お集まりいただきありがとうございました」

みんなが不安な顔をしながら、出口の方へ向うのとは逆に、幸一は家畜保健所の阿部さんの所へ歩いて行った。

「阿部さん、家には危ない牛が十三頭いるのだけれど、どうしたものですかね」

「足立さん、ＢＳＥかどうかは生体の時の症状からは判断が付かないと言われています。そして、潜伏期間が長いのと肉骨粉の入った飼料を同じように食べていても、発症しない牛もいます。ここは国の対策に沿ってお願いします」

「そうするしかないかね」と幸一が帰ろうとすると、山田が隣に立っていて、

「ＢＳＥの牛が一頭出ると、ほかの牛もみんな殺さないとだめかい」

「そうなると思います。千葉でそうでしたから」

「と殺された牛については、国から補助が出ますよね」

「そのことに関しては、今は何とも言えません」

「でもさ、肉骨粉が原因だとすれば、俺たちに責任はないですよね。国が輸入を続けさせていたからだもの。と殺処分された牛は、すべて保証してもらわないとな」

「幸一、行くかい。まだ出ると決まったわけでないし。元気出していこうや」

酪農家ばかりでなく肥育を専門にしている者や和牛の繁殖農家、すべての牛に携わっている人たちは落ち着かない不安な時を送っていた。


二〇〇一年十一月二十一日二頭目のＢＳＥ牛が、北海道で確認された。幸一の家ではまだ朝の搾乳が終わらないうちに、山田が来た。

「幸一、今朝の新聞見たか。北海道で二頭目がでたぞ」

「新聞は見てないが、夕べテレビのニュースで見たよ」

「そっか、その新聞の最後に千葉の牛も、今回の北海道の牛も肉骨粉は、与えていなかったと言うのだよ。どういう事なんかな。わかんねえ」

「テレビでは、そんなこと言ってなかったな。でもさ、単味でなんか使わないよな。配合の中に混じっていたんじゃないの」

「今まで使っていた配合の中に、肉骨粉使ったことがあるかどうか、メーカーに確認してみるかな」

「山さんは、全酪だったよね。内は親父の代からの付き合いで農協からだ。おれも聞いてみるかな」

「豚や鶏のエサには、肉骨粉がかなり使われていたというからな。同じラインで製造していたなら、混じる可能性はあるよ。だから国は禁止したんだな」

「その通りかもな」

「それと幸一、二頭の牛とも生れが一九九六年だと」

「え、一九九六年か。確か家にもいるな。三月生まれが一頭」

「これも新聞に出ていたのだが、学校給食に牛肉を出さないでくれと、父兄が陳情した県がいくつかあるらしいよ。群馬もそのうち出て来るかもな」

「昨日の午前中、家畜商の元さんがスモールを取りに来て、和牛も雑牛もホルオスもみんな値下がりしてきていると言っていたよ。今日の市場でどのくらいまで下がるかわからない。安くても置いて来るかい、それとも持ち帰るかい、どっちにすると聞いてきたから、安くても売ってきてくれと頼んだ」

「肩身の狭い時代だな。牛を飼っていることが悪いことでもしているように見られているよな」幸一はうなずいていた。

3

二〇〇一年十一月二十二日の前橋家畜市場では、スモールの値がつかない状態に陥っていた。幸一の家からホルオスを預かって来ていたこの道四十年の元も、あいた口がふさがらない。それほどの安さなのだ。なにしろ買い手がいないのだ。この日の入場頭数は五百三十頭で、平均的な頭数だった。午前十時にセリが開始されると、電光掲示板に生年月日に体重が入り、「ホルオス五千円から」といつものように始まったが、ボタンを押す人がいない。

「三千円、三千円、千円、千円」でやっと動きだしたが、二千円で止まった。

「もう一度行きます千円から、はい二千五百円」すぐに電光掲示板の数字は止まった。

落札したのは二十一番だ。元は階段状に高くなっている買い手の席を下から見上げていくと大堀の番号だと思い出した。大堀は三千頭ほどホルオスを専門に肥育している。その後出てくるホルオスもほとんど二十一番の大堀が落札していた。セリは誰かほかに競り合う人がいなければ、一対一では、駆け引きが成り立たない。買い手の思う値段で落札されてしまう。セリが終わって食堂へ行くと、大堀が仲間と食事をしていた。

「ずいぶん買ったね」元が声をかけると、

「やあ元さん久しぶりで。みんなどうして買わないのかわからないよ。今日買った牛が仕上がって出ていくころには、もうBSE騒ぎは収まって、牛の値は回復していると思うのだが、発想の転換というやつ。元さんどうかね」

「当たりかもな。三千頭を動かせば、億の儲けだね」

「元さんだから言うけれど、今までの三億の借金、ここで返せると睨んだ。二年後には笑いが止まらなければいいね」

「さすがだね。三億も借金すれば、並みの神経では眠れないよ」

「慣れたね。どうしたら金を得られるか、それしか考えていないよ。そうすると、借金のことなんか忘れちまうのさ。前進あるのみ。後ろは振り向かないのさ」と言い切ると、笑い出していた。元も大堀につられて笑ったが、大堀の潔さに感心していた。

「元さん、モツ煮定食でいいのかい」食堂の責任者の小鮒が声をかけた。

「いつものやつ定食ね」

「元さん、それ洒落のつもり。熱でもあるんじゃないの」

「大堀さん見習って、おれも発想の転換をしないと。面白くなかったかな」

「人それぞれだからね。おまちどうさま」

前橋家畜市場内にある食堂で、元はモツ定を誰にでも進めている。きざんだ根ショウガが柔らかいみそ味のモツ煮とよく合うのだ。

「元さん、安いって、みんな口をそろえて言っているけど、そんなに安かったの」

「そうさ、九十キロのホルが、二千円だよ。ガタやチビさんは二、三百円だ。子供のこづかいにもならないよ。どんな顔して牛を預かって来た農家に金渡すのさ。やだね。その安いスモールを買いあさったのが、大堀先生」

「大堀さんらしいね」

「いい読みかもしんねえな。他の人には、恐ろしくてまねできないけどな」

元は幸一の牛を含めて三頭預かってきていたが、三頭の売り上げが合計で七千五百円。そこから入場料と手数料を引かれると手元には千円札が三枚と小銭が少し残っただけだった。普段なら一頭平均二万円以上にはなるはずだった。売り上げから運賃として一頭五千円もらうのだが諦めるほかないと思った。元はこれがいつまで続くのかと考えると、体から力が抜けていく感じがした。

「幸一悪いな。売り上げこれだけだ」

元は詫びるように封筒を手渡した。幸一は、封筒から、明細書取り出して見た。

「こりゃひどいですね。足さないとだね」

「いいよ。痛み分けだ」

「そりゃあだめですよ。決まりごとは決まりですから」幸一は、机の引き出しから、紙袋を出すと、そこから千円札を五枚引き抜いて元に手渡した。

「ありがとうよ。これ領収書」

「元さん、相談があるのだけど、牛見てくれる」

「なんだい、改まって」元は、幸一の後について牛舎の中へはいていった。一番奥まで歩いて行くと幸一が足を止めて、少しやせた牛を指さした。

「具合悪そうだね。つぶしかい。獣医には見せた」

「一週間前に見せて二日治療したのだけれど、餌食べださないから、共済に認定してもらって病畜で出そうと思っているんです。だけどねこれが危ない牛でね。一九九六年三月生まれなんですよ」

「危ないってBSEのことかい」

「そうです。安楽死させても埋められないから、検査されて同じことなので」

「今、肉も最悪だからな。体重五百キロにして、枝で二百五十キロ、キロ百円になれば二万五千円というところかな」

「お金は二の次です。この牛をわが家から無事に出せればいいのでお願いします」

「いつ出すかい。病畜として玉村に運ぶならいつでもいいよ。診断書もらっておいて」

「今日は金曜日だから、来週の二十五日の月曜日でいいですか」

「わかった。月曜日の朝八時までには来るから」

「お願いします」幸一は、元が乗ったトラックを見えなくなるまで見送っていた。

4

二〇〇一年十一月三十日NHKをはじめ民放各社のテレビとラジオの昼のニュースで、三頭目のBSE牛が群馬県から出たと放送した。そのころ足立の家には、家畜保健所の職員の白いバンと群馬県警のパトカー、報道関係者と思われる車が数台、山里の道に一列に並んで止まっていた。それを見ていた近所の何もわからない人達も数名が集まって来ていた。好奇の目は防ぐことができなかった。牛舎の周りには白いビニールテープが張られ、二人の警察官が警備にあたっていた。牛舎の中では幸一と生江が家畜保健所の人から、これから先どうなっていくのかを、説明されていた。

そこには同情や哀れみなどなかった。ただ義務的に事がすすめられている。ここにいる牛は疑似患畜として二日後に、富士見にある群馬県の畜産試験場へ連れていくということ。その後、道路を隔てたところに建つ家畜衛生研究所で一日二頭ずつと殺して、BSEの検査を実施した後、焼却処分されると言う。と殺の頭数が少ないのは、焼却能力の容量が一日成牛二頭で限界だったからだ。

幸一はうつろな目で黙ってうなずいていたが、生江は話している家保の担当者にしっかりと目を合わせていた。幸一の頭の中には、何もはいってはいかなかった。

昨日の夕方、家の電話がなり、里子が受話器を取ると、

「家畜保健所の阿部と申しますが、足立幸一さんの家でしょうか」

「はい、そうですが」と答えると、

「お父さんはいますか」

「牛舎に居ります。呼んできますので少しお待ちください」と言い受話器をおくと、玄関でサンダルをひっかけて、走って行った。

里子は、理由などわからないが、大事な急を要することだと、判断したからた。

「お父さん、家畜保健所から電話だよ。早く行って」

「家畜保健所」幸一は牛の乳房から、ミルカーを外し柱にかけると、

「生江、電話行ってくる。里子、戻るまで手伝っていてくれ」

幸一は膝がガタガタと震えだしていた。母屋の明かりを頼りに走って行ったが、途中で何かに足をひっかけて倒れた。すぐに立ち上がったが、手のひらは泥にまみれている。なんでこんな時に、怒りがこみあげてきた。里子が開けていった玄関に入ると、受話器を握ろうとした右手の手のひらから、血が垂れていた。長靴を脱ぎ、台所の水道で手を洗うとタオルを握りしめて左手で受話器を取った。

「お待たせしました。足立ですが」

「家畜保健所の阿部です。一昨日廃用で出された牛ですがＢＳＥの一次検査、エライザ法で陽性を示しました。今、筑波学園都市にある動物衛生研究所へ送り調べているところで結果が出るまであと一日な

のですが、原乳は出荷しないでください。それから、明日の午後一時までにお邪魔しますので、家にいてくださるようお願いします。何かわからないことがあれば、その時答えますので」一方的に電話は切られてしまった。幸一のほうにも聞き返す元気が出てこなかった。

「わかりました」それだけ、返事をすると受話器を置いた瞬間に、全身から力が抜けてしまい、その場にへたり込んでしまった。

「お父さん、どうしたの」里子が肩をたたいた。

「搾乳終わりましたよ。電話はなんだって」生江も立っていた。

「でたよ。ＢＳＥ。月曜日に出した牛」

生江は一瞬言葉をなくしたが、

「それで落ち込んでいるの。出たものは仕方ないですよ。夕飯作るから待っていて。その前にお風呂入って」

幸一はふらつきながら、二人に手を引かれてやっと立ち上がった。

「お母さん、家はどうなるの」里子が真剣な顔で聞いている。

「どうにもならないよ。犯罪したわけではないし。たまたま我が家の牛がはずれを引いただけだもの。明日から面倒なことは増えるけどね」

「ふーん。そんなものか」

生江も内心では、ショックだったが、幸一の状態を見て、二人して落ち込んでいたら、子供たちのやり場がないと思った。私がしっかりしないと、立ち直れないと思った。

幸一は夕飯を半分ほど残し、アルコールもいつもより少なく布団の中にもぐりこんでしまった。生江が話しかけても、返事が返ってこなかった。生江の頭の中にふと、幸一が死んだりしないだろうか、という疑問が湧いてきてしまった。台所で洗い物をしていて、どうにも気になりだしたので、

「里子、ちょっとお父さんの部屋へ行って寝ているかどうか見てきて」

「なんで」

「心配なのよ。お父さん優しすぎるからね。寝ていればいいのよ」

「わかった。行ってくる」

里子がふすまを開けると、幸一のいびきが聞こえた。そっと部屋の中へ行き顔をのぞくと苦しそうな顔して寝ていた。台所にいる生江に報告すると、後で見に行くからと言った。午後十一時過ぎ生江は今日一日の仕事をやり終えて風呂から出ると、幸一の寝ている隣に布団を敷いた。いつもは隣の部屋で寝ているのだが、心配でたまらなかった。

それは幸一を守るためのものである。幸一の性格はとにかく優しい、だが裏を返せば気が小さいという事につながり時にはそのことが欠点にもなる。幸一は夜中に二度起きてトイレに行ったがその時は、生江もついて行った。幸一に、生江の気持ちが通じたのか、話しかけることはなかった。隣に生江が寝ているということが、安心感を与えていた。

赤城山のすそ野から、朝日が昇ってきた。六時半の日の出だ。今朝は集乳車が来ない。いつもなら、時間に追われて搾乳しているのだが、今日はいつもとちがい時間に追われる必要がない。ゆっくりやれ

ばいい。幸一と生江はスローペースで搾乳を始めていた。

「こいつ等も、みんなつぶさなければいけなくなるな」

「そうならないように、祈るよ」生江は、手を合わせてじっとしていた。

「行ってきます」と出ていったのは里子のほうである。それから五分ほど遅れて純一が、自転車に乗って、

「行ってくるよ」と言って出ていったが二人の子供たちも、家のことが心配でたまらなかった。

5

群馬での三頭目のＢＳＥの発症は、里子の学校でも話題になっていた。テレビで放送されてから、特に民放などがしつこいくらい流していたし、ワイドショウの取材などが次々に来ていた。六時間目が終わり帰宅しようとしていたところへ、担任の先生に声をかけられて里子が職員室へついて行くと、

「足立、お前のところでＢＳＥの牛が出たんかい」

「そうですが」

「これからいろいろなこと、言ってくる人がいるかもしれないが、私は知りません、親に聞いてくださいと言って、逃げるんだぞ。まともにとりあっていたら、身が持たないからな」

「先生ありがとうございます。私と母は、大丈夫だと思うのですが、父が心配なんです。優しすぎるので」

「そっか、お父さん守ってあげてくれよな」

「ハイ、了解しました」

「何かあったら、いつでも相談にこいよな」

「ありがとうございます」里子は胸が一杯になって言葉が出てこなかった。

「それから、学校から帰るときな、一人でなく一緒に帰ってもらうといいな。だれか友達いるか近所に」

「良子ちゃんと雄二君に頼んでみます。ありがとうございました」

「おう。気をつけてな」


学校からの帰り道、良子と歩いていたら一度マイクを向けられたが、「何も知りませんので」と言った後、走って逃げた。家に着くと兄も帰っていた。

「早いね」と言うと、

「練習どころじゃなくてさ。おれがいたら邪魔になるからさ、帰ってきたの。正門のところでマイクを持った女の人が、足立君はどんな人ですかなんて、聞いて回っているんだって。何考えているのかね」

「私も逃げてきたの。その辺にうろうろしているんですもの」

「親父大丈夫かな。昨日の様子じゃ、相当ショック受けていたみたいだものなあ」

「牛舎に居るはずよ」二人が牛舎へ行くと、父と母が夕方の搾乳の準備を始めていた。

「ただいま」

「早かったね。そのへんで捕まらなかったかい」

「まあ何とか。それより親父さん、少し元気になりましたか」

「悪かったなあ。心配かけて。夕べ寝たから元気でてきたよ」

「残っているここにいる牛は、どうなるの」と、里子が聞いてきた。

幸一と生江は顔を見合わせていた。ほんとのことを言わないほうが良いのか、言ったら受け止められるかどうか考えていた。少し間をおいてから生江が話し出した。

「あのね、ここにいる牛たちは、明日、畜産試験場へ移されるの。そこで一時飼われ、ＢＳＥの検査を受けるの」

最後までは生江も言えなかった。

「ここにいる、チビさんもかい」

「全頭、そうするしかないの」

「助けてやれないんだ」

「今夜が最後の搾乳になるのか」

「明日の朝も搾って出してやるよ。畜産試験場に行けば搾ってはもらえないだろうから。乳房がパンパンに張って、何日も待たされて検査だなんてな、アウシュビッツだな」

「アウシュビッツて何」里子が聞いた。

「第二次世界大戦の終わりのころ、ナチスドイツがユダヤ人を集めて、ガスで殺したことだよね。アンネの日記読んでごらん」

「純一、アンネの日記読んだんだ」

「お父さん、やっぱり殺されちゃうの」

幸一と純一はしまったと思った。里子の前で言うべきでなかった。

「いや、まだ読んでないよ。世界史の授業で最近やったの」

「お父さんの本棚にあるから読んでみな」

「そういうことなら着替えてきて、搾乳手伝うよ」里子が言うと、純一も、

「おれも着替えてくるから」と母屋へ向かった。子供たちが出ていった後には、沈黙があった。

「子供の成長は、早いね。おれなんか、すぐ追い越されてしまうな」

「お父さん、まだまだ、しっかりしてくださいよ。やること一杯ありますからね。家族が路頭に迷わないように、お願いしますよ」

着替えてきた二人は、幸一から言われる前に、てきぱきと体を動かした。小さいころから牛舎が遊び場で、父と母の仕事を見ていたし、小学生に上がるころには、子牛にミルクをやったり、乳房炎で出荷のできない乳を手でバケツに搾ったりしていた。家族一人一人に牛と一緒に生きてきたという思いがあるのだ。純一がお湯の入ったバケツから、タオルを取り出し強く搾り、次に搾る牛の乳房をふいている。里子は父と母親がミルカーを外すとプラスチックボトルに入ったディッピング液を乳頭に浸けていく。

「ジン　おいで」純一が呼ぶと、牛舎の入り口で横になりこちらの様子を見ていた老犬が歩いてくる。

「ジン、みんないなくなるんだよ。寂しくなるね」里子が鼻にかかった声で言う。

ジンも足立家の一員として、搾乳を見ていたのかもしれないと、幸一はふと思った。

6

元は同じ家畜商仲間と、四トン車に乗って幸一の家へ向かっていた。元が玉村の食肉センターへ運んだ牛が、ＢＳＥの検査で引っかかったと知らされたのは、テレビで放送された次の日だった。なんだか、自分にも責任があるようで、幸一から畜産試験場まで牛を全頭運んでほしいと言われたとき、俺しかいないと粋に感じた。

「おはよう。運びに来たよ」

「元さん来てくれてよかったよ。一日かかるね」

「心配するな。二日でも三日でも終わるまで、運ぶから。力のある相棒連れてきたから」

「十時頃には、酪連からと県のほうからも、応援に来てくれるという話でした」

そこへ山田の軽トラが来た。

「幸一おはよう。元さんも世話になります」と、山田が久しぶりに顔を見せた。

「山さん久しぶりですね。もう付き合ってもらえないかなと思っていましたよ」と生江が嫌みを言った。

「おい、おい勘弁してくれや。毎日来たくても遠慮していたの。そこら中にビデオだかカメラだか知らないけど、構えているからさ。幸一や生江さんも大変だったな。後から、かみさんが握り飯作って持ってくるからな。話しておいてくれと頼まれた」

「そんな、忙しいのに。なんだか悪いね」生江は、目頭を押さえた。

「気にすんな。お互い様だよ」

「それじゃ、手前の牛からいくかい。ありたっけのロープ持ってきたよ」

元が声をかけた。幸一や生江にとっては、一頭一頭に思い出があるのだ。元はその気持ちが痛いほどわかるから、牛たちを大事にトラックへ乗せた。五頭ほど積むと、車で二十分ほどのところにある畜産試験場へ運んで行った。降ろすのに三十分かかり戻ってきたときには十時を回っていた。牛舎にはトラックが二台並んで牛を載せていた。農協と酪連のトラックだ。

農協からは渡辺と助手が来ていた。酪連からは授精師の小林と近藤が来ていた。牛の扱いには慣れている人ばかりだ。

「ナベさんに、小林さんが来てくれたんなら、早く済みそうだな。よろしく頼むよ」

元が声をかけた。

「元さんよ、これなら、三時ごろまでにはけりがつきそうだな」と山田が言う。

牛たちはほとんどが幸一の家で生まれ育った自家産牛なので、トラックなどには共進会へ行った牛しか載っていない。牛たちにとってはこれが、最初で最後の移動だった。荷台へ登りあげるタラップには牛の足が滑らないように角材が等間隔に並べられているが、牛たちには、鉄やステンレスでできたタラップにかける、一歩目の足を出すことが勇気のいることなのだ。そこは毎日牛を扱っているプロたちなので、嫌がる牛をなんとかトラックへ載せていった。なかには意地でも乗らないと前足を踏ん張っている牛もいる。宥めすかしながら積み込むのだが、一頭動かないのがいると、先へと進まない。一人がたづなを前方で引き、お尻を二人がかりで押し上げていく。普段なら蹴飛ばしたりたたいたりするのだが、だれも大声を張り上げる者もいない。ロープを引くものは引き、お尻を押すものは糞まみれになって黙って押していた。やっと思いが通じて、牛はゆっくりと動き出す。三台のトラックが畜産試験場まで往復すると、お昼の時間になった。それぞれのトラックの運転席で弁当を食べだしているところへ、山田の奥さんがおにぎりとペットボトルのお茶を持ってきた。

「さあ食べてくださいな。漬物と、おにぎりだけですけど」

「美緒さんありがとうございます。わるいね。助かりました。もうみなさんの世話になりっぱなしで」

生江が飛んできた。

「お互い様だから気にしないで」

元が一つもらって、食べだした。おにぎりが重く感じた。ちょうどいい塩かげんだ。

「いい塩梅に出来ているね。うまいよ。おーいせっかくだから、もらっていただくべ」

妻からレジ袋に入ったペットボトルを山田が受け取り、トラックの中で弁当を食べている仲間たちに、「飲んでください」と配って歩いた。

幸一と生江は美緒の作ってきてくれたおにぎりを、しみじみとした思いで食べている。

「山さん、本当にありがとうございます。この御恩は忘れません」

「それほどのことではないよ。持ちつ持たれつで行こうや、ねえ元さん」

「そうありたいね。持たれつ持たれつでは、疲れちまうからな。あと半分というところかな。頑張って終わりにして、厄払いするべや」

「元さん、さすがが年の功だね。いいことというね。厄払いするべ」

「元気が出てきたね。あと二往復だ。農協のナベさんも、どうだい厄払いするかい」

「厄払いには、国からの補助は出るのかい」

「ナベさん。いいね。座布団一枚だ。牛もわかってくれたかな。だれが悪いのでもない。なあ幸一よ。元気出してやるべ。そのうちきっといいことあるから」

「元さん。その通りだね。くよくよしていられないやね。落ち込んでいたけれど、子供や奥さんから励まされて元気になれた」

「搾乳がないうちに、旅行でも行ってこいや。また牛が入ったら、ヘルパー頼んでいかなきゃだから、もったいないやね」

「阿部さん、新しい牛はいつ頃入れられるのかな」と、家保から応援に来ていた阿部に、幸一が聞いた。

「まだわからないのですよ。でもそんなに先にはいかないと思います。生活がかかっているわけですからね」

「そうだ、生活があるからな。阿部さん、公務員にしておくのもったいないな」

元が声をかけると、阿部は笑っていた。ここに集まっておにぎりを食べている人たちは、千葉県や北海道などで、BSEが出た酪農家が、一時村八分状態になったことを知っている。その家の子供たちが学校でいじめにあったという話も伝わってきていた。足立の家族が村八分や子供たちをいじめに合わせてはいけない、守らなければという思いがあった。

三時過ぎ、最後に三頭の牛が残った。

「いい牛だな。なんの系統だい」と元が聞くと、

「スターバックの血液に、マスコット、チーフマークとエアロスター。わが家をしょって立っていくはずだった牛たち。この三頭は気合入っているだろ」

「阿部さんよ、少し向こうむいていてくれないか」

「元さんよ、私も牛きちで、一目で三頭のよさはよくわかります。乳房の高さ、乳頭の配置とバランス、おまけに首抜けのよさ、何より愛情を注がれて飼われていたから、糞一つ付いていません。できるなら生かしてやりたいです。でもねできないですよ」

「冗談だよ。阿部さん、やっぱり公務員向きでないな。今晩、厄払い出てくださいよ」

7

牛がいなくなった牛舎の通路に、幸一と生江が腰を下ろしていた。幸一の隣に、老犬のジンが座っている。夕日が牛舎に差し込んで、二人の長い影がのびていた。

「牛のいない牛舎って、やけに広いんだね」と生江が言うと、

「こんなことになると思っていなかったな」

「明日から、大好きなミルク買ってこなければな」と言いながら、幸一がジンの頭を撫でている。

「そうだね。ジンはミルク大好きだものね」

「ジンも寂しそうだね。わかるんだ」

「ジン寂しいかい。お前泣いているの」

生江の目から大粒の涙が落ちていた。幸一も肩を震わせてこらえていたが、ジンの目から光るものが流れているのを見ると、大声を出して子供のように泣きだした。主のいなくなった牛舎に悲しみが広がっていった。

「この機会だから、旅行でも行こうか。みんなが言うように、ひょっとしたら、神様がくれた休日だったりしてね」涙をふきながら生江が切り出した。

「そうだな。でもな。行っていいのかな。世間を騒がしといて」

「お父さんらしい発想だね。でも誰も誉めてはくれないよ。少しは楽しむこと考えよう。純一や里子だって、結構我慢しているよ」

「これから先のこと考えるとな、浮かれていられないよ」

「石頭ね。相変わらず。浮かれていると思わないで、冷静に考えるために旅行に出る。そう、思えないかな」

堂々巡りになりそうだった。幸一は、真面目な性格故からか、融通が利くほうではなかった。馬鹿がついてしまえば、誉めようがない。

「さあ、シャワーでも浴びて。厄払い行くのでしょ。みんな待っているわよ。元気出していってらっしゃいな」

厄払いの会場は車で十分ほど前橋方面へ向かったところにあった。県の職員の人が来るとは思えないが、山さんの奥さんが、乗せていってくれることになっていた。

「奥さんも行こうか。たまにはいいのでは。明日搾乳はないし」

「そうね、山さんの奥さんに電話してみるかな」

「山さんの家、今頃搾乳始めるところかな。手伝いに行くか」

「なんだか、落ち着かなかったのよ。搾乳がないということが。手伝いに行きますか」

二人は、二トンのダンプに乗り、山田の牛舎に向かった。

「隣の酪農家が、どんな搾乳しているかなんて見るの初めての経験だね」

「お互い忙しい時間だものな」


山田の牛舎は、繋ぎ飼いでなく、牛が自由に歩き回れ、餌は好きな時に好きなだけ食べることができる。乳を搾る部屋、パーラー室を備えているフリーストールというタイプの牛舎である。五十頭ほどの搾乳牛がいた。ダンプから降りて、パーラー室のほうへ歩いていくと、山田が一人、待機場へ牛を追っていた。

「山さん、手伝いに来たよ。牛いないんで」

「悪いな。これから始まるところだ」

「昼間は何度も来ているけど、搾るのを見るのは初めてだな」

「四頭ずつ入ってくるから、生江さんは乳頭をアルコールペーパーで拭いてくれる。一頭一枚ずつね。そのあと前搾りして、ミルカーをつける。汚れのひどいのは、タオルで汚れ落としてからね」美緒が、生江に段取りを説明している。

「家の牛より汚れてないね。だからアルコールペーパー一枚で足りるんだ」

「山さんは、牛を追った後、フィーダーで餌やりかい。搾り終わった牛は、新鮮な餌を食べられるということだ。効率よくできているんだね」

「幸一さん、このシステムね、うまい話ばかりじゃないのよ。歩けなくなったら終わりなの。繋いで飼っていれば、餌は目の前にあるから、歩けなくたって生き残れるけどさ。ここでは淘汰されてしまう。それとね最大の欠点はね、牛は自由でストレスがないと言っているのは間違い」

「どういうこと」

「自由になったばかりに、いじめがあるのよ。産んで初めてここへ入る牛たちがいじめられるの。初めて赤ちゃん産んで、この牛舎へ初めて入るから、どこで寝るのかもわからない。おどおどしながらはじのほうで餌を食べる。中には負けないのもいるけれど。産んで一月と言えば、乳は出盛りを迎えるし、栄養が一番ほしい時期なのに、ほかの牛が食べ終わり、ストールで反芻始める夜中に食べに来るんだよ。びくびくしながら」

「なるほどね。その説明よくわかるな。小さいころから、集団で慣らさないと、仲間に入れないとか。人間と同じだ」

「そうなんだけどね。でも負けているばかりではないよ。普段いじめられている小さな牛が、ストールで寝ている牛を後ろから頭で突くの。この野郎、いつもいじめやがって。そう言いながらやっているみたいだよ。寝ている牛の顔が見ものなの。おう、どうしたんだ何が起きたかわからないと言いながらどぎまぎしている。小さな牛はどうだって顔してにんまりしているんだ」

「面白いわね。牛にもいろいろな事情があるんだな」

「五十頭ぐらいなら、繋ぎで飼ったほうが楽だよ。百頭超えると繋ぎでは無理が出るからフリーストールになるけどさ」

「五十頭、一人搾乳で時間どのくらいかかるの」

「一時間半かな。旦那が牛を追ってきて、パラー室に入れてくれるからね」

「繋ぎだと二人でやっても、そのくらいかかるな」

「いい勉強になったね。明日も手伝いに来るか」

「何を言っているのよ。まずはさ、奥さんと一緒に、温泉でも行ってきなさいよ。搾乳さんざんやってきたじゃない。牛がいない時ぐらいのんびりしなよ」

「それがね、牛がいないと何をしたらよいのかわからない。搾乳しないと落ち着かなくてね。貧乏性だな」

「無理もないか。牛がいなくなったばかりだし、生まれた時から、牛と一緒なんだもの」

搾乳は確かに早かった。それに腰を曲げないので、仕事が楽だった。牛は九十センチぐらい高いところに立っているから、牛の乳房の高さが人の目線になる。ミルカーは取り付ければ、自動離脱装置がついていて、乳量が減ると機械が自動的に外してくれる。多少搾りのこしがあっても、ミルカーの付けすぎよりは良い。最後の四頭が出ていくと水道水でパーラー室内を軽く流して終わった。

「これから、お風呂入っていくから八時過ぎだな、生江さんも行くんでしょ。私は、アルコールは体が受け付けないから、遠慮しないで飲んでね」

酪農家の飲み会は、搾乳が終わってからになるので、一般の飲み会より、かなり遅く始まる。そして、明け方まで飲んで、搾乳することなどざらにあるのだ。

「はい、よろしくお願いします。家で待っているから」

8

幸一の家に国の援助と自己資金で二十頭の牛がそろったのは、正月が過ぎて一月の末になってからだった。四十頭の牛舎の半分が埋まったが、出産していない未経産牛なので、搾りだすまではまだ一月以上あった。

その二十頭の中には、山田からの一頭も混じっていた。

「おれの気持ちだ。家の優秀な牛、幸一の牛には負けるけどな、一頭搾ってくれ」

「買わせてください、山さんの牛だから」

「馬鹿言わない。おいら上州の生れよ。一度口にしたら後には引かないの。幸一もらって足しにしてくれ」と言って、山田は金を受け取ろうとしなかった。牛の導入で国の補助があっても、三百万円の借金が新たにできた。

幸一は、ＢＳＥ牛を出したときは、絶望していた。これからのことを考える余裕などなくて、自分が出した牛のせいで、群馬県産の牛乳が売れなくなったばかりか、学校給食に牛肉が出なくなった。牛肉も買う人が減ってしまったから、申し訳なさで一杯になっていた。追い打ちをかけるように、「お前のせいで、群馬の牛飼いが非難されている」と、嫌がらせの電話が二日連続で、深夜にかかってきた。最初の時は生江が出たが、二度目は幸一が出た。幸一は黙って聞いていたが、生江が受話器を横取りして、「あんたが牛飼いかどうか知らないが、家も被害者なんだよ。こんな深夜に電話してくんな。文句があるなら、昼間してこい」どなった。

「お父さん、負けてはだめよ。強くならなきゃ」と言って、生江は笑った。

そこから立ち直れたのは、元さんや山田をはじめとした仲間たちの応援と、家族の温かさがあったからだ。妻の生江や子供たちの純一と里子は父を守ろうとしていた。ＢＳＥの牛を出して、初めて気が付いたことだ。

二〇〇二年の六月悲しい知らせが届いた。国内四頭目のＢＳＥと確認された北海道音別町産の乳牛の生体検査を行った釧路保健所食肉検査係の女性獣医師（二十七歳）が自殺したというニュースが流れた。室内には「ＢＳＥと判定できなかったことに責任を感じている」という内容の走り書きが残されていた。獣医師は昨年十月から全頭検査で食肉処理場に運ばれてくる牛を、最初に目で見て異常の有無を判断する生体検査の仕事に携わっていた。六月十日、今回ＢＳＥが確認された牛の歩行が乱れているのに気づいたが、通常のルートで食肉処理した後、同保健所のエライザ法検査（一次検査）に回した。よく十一日に二次検査で感染が判明。十二日に獣医師が出勤しないため、同僚が自宅を訪ね、首をつっているのを発見した。関係者は「国内でＢＳＥの症状をひと目で見抜ける獣医師などおらず、仕事に何のミスもなかった。現場の重圧を理解してほしい」と語った。

「可哀そうにな。死んだらな。かける言葉がないよ」

幸一は、朝飯を食べながら、新聞を読んでいた。半年前の自分が頭の中をよぎっていた。

「だれか相談できる人、愚痴でも何でも聞いてくれる人がいなかったんだね。切ないですね」生江も味噌汁を吸いながら、話を聞いていた。

「二十七歳の若さだもの。これから楽しいこと一杯あったろうに。だれも悪いなんて責める人いないと思うのだけどな。自分がその立場に立つと、心優しい人ほど、自分を責めるんだよな。おれみたいに。でもおれは死なないで済んだ。家族が助けてくれたんだな。この人も一人暮らしでなければな、家族と一緒に住んでいたならな。残念だ」

幸一は箸の動きを止めて、生江に真剣に話しかけていた。

「お父さん危なかったものね。一人にしていたら、何かしそうだったもの。寝ているところを子供たちに、見に行ってもらったし、あたしも布団持って行ったものね」

「感謝しているよ。あの時のことを思い出すと、今でも泣きそうになるものな」

「泣きたいときは泣けばいいのよ。大きな声を出して。泣いてすっきりするんだから」

大堀はBSEが話題にならなくなったころ元に家畜市場で食事をしながら、話をしたことがある。

「元さんよ、ただ同然で子牛を買いだしたときには、三億の借金があって、一か八かの勝負に出たんさね。牛が仕上がりだしても、初めのうちは牛肉の値は安かったけど、原価が安かったから利益は出たよ。あれよあれよという間に値が安定すると、はっきり言って笑いが止まらなかったね。あの時は、ゴルフ場を一つ買うかと思ったよ」

大堀は冗談のように話していたが、元には本当の話に聞こえた。

足立の家は、ＢＳＥ牛を出し後、頭数を増やして順調に搾り出していたが、長男の純一は大学を卒業後、県内の企業に就職した。里子も短大を出て保母になり牛飼いの後を継がなかった。無理に継がせようとは思わなかった幸一と生江は、数年後には引退の時期を迎えようとしていた。


（付記）


ＢＳＥ問題は輸入牛肉を扱う一部の食品、飲食店業者、外食産業などにも大きな打撃を与えて、深刻な社会問題になった。新聞などの報道によれば、五人以上の人が自殺したと言われている。

しかし七年後の二〇〇九年に三十六頭目のＢＳＥ牛が確認されたが、その後日本では出ていない。あれほど騒がれていたＢＳＥが話題にも上らなくなっていた。

現在日本でのＢＳＥ牛の発生リスクは限りなくゼロに近いと言われている。ＢＳＥは世界の共通認識として、感染リスクの低い人畜共通疫病の一つであるという考えが一般的になり、ＷＨＯ（世界保健機構）においては、伝染性が低く、危険度の低い疫病とされている。

ＢＳＥがもたらしたものとして、二〇〇三年十二月一日に施行された「牛の個体識別のための情報の管理及び伝達に関する特別措置法」（牛肉トレーサビリティ法）がある。

すべての牛に個体識別番号を付けることを罰則付きで義務付け、識別番号をインターネットで検索すれば「出生地」「出生年月日」「雌雄の別」「母牛の個体識別番号」「牛の種別」「飼養施設の所在地」など牛の個体がたどった履歴を調べることができるようになった。これは世界で最も厳格な牛の個体管理であると言われている。

前橋家畜市場

1

昭和三十二年に開設された群馬県の新前橋駅その北に位置する家畜市場は、平成二十五年七月十六日、火曜日、牛の扱い頭数は百一頭と「本日の扱い頭数」というところに、昔ながらの白いチョークで書いてあった。成牛の扱い頭数にしては、やや少ない頭数である。

その時代の木造の建物にしては屋根が高く、太い梁は黒ずみ当時のままと思われる扇風機がゆっくりと音を立てて回り、頭上から生暖かい風を送っていた。家畜商の人たちは、階段状に高くなっていく備え付けの机の決められた場所に座っていた。いくつかのグループに別れて座っているようで、手にはセリに使う携帯電話ほどの大きさの応札器を握り、目の前にあるこの古い建物には似合わない大きな最新の電光掲示板を真剣に眺めながら、出てくる牛たちをわずかな秒数で、次々に落札していかなければならなかった。百一頭の牛が、約一時間でセリ落とされた。

前橋の家畜市場は、昭和四十七年には年間の入場頭数十万二千頭とピークを迎えた。売上高は平成元年の入場頭数六万六千頭の時が最高の二百二十六億円と伸ばしてきていた。その後は、扱い頭数、売り上げともに減少傾向にあり、平成二十三年には、二万五千頭の入場で三十四億の売り上げとかなり下がってきていたが、全国的に見ると、まだ元気のある市場の部類に入っていた。

この日、家畜商の元は、酪農業を廃業するという家の、最後の牛七頭を連れて前橋家畜市場へ来ていた。元にとっても思い出のある酪農家であった。

昭和五十五年、群馬県の秋の共進会が近づいていた。生後二ヶ月未満のスモールを取りに榛東村の飯塚の家に行くと、成牛が二十頭ほど繋がれた牛舎の一番奥に、産んで間もなそうな牛が繋がれていた。よく見ると乳器の幅、付着も高く、体高は百四十八センチというところか、なんとも言いようのないバランスのとれた牛がいた。元と牛との運命的な出会いだった。

「この牛いいね。共進会にだそうぜ」

「もう、間に合わないよ」

「登録協会の上原君にたのむよ。今年は、来年の全国共進会が前橋だから、融通をきかせてくれるさ」

その時、元は未だ四十代になったばかりで、願ったことは何でもかなえられそうに思えていた時期だった。飯塚の家の玄関を開けて入り、黒電話の受話器をもち、メモ帳を見ながら登録協会に電話した。

「もしもし、前橋で家畜商をしている、元ですが、上原さんおりますか」

「少しお待ちください」わずかな時間であるが、待つ時間が長く感じられた。

「元ですが、上原さん。お願いがあるのだが。県共に出したい牛が一頭いるんだが、出させてもらっていいかね」

「元さんの頼みでは断れないな。全共に出せる牛かい」

「まあ、見てくれや。それでは連れて行くよ」

「書類ファクスで送るから、それに記入して、また送り返してくれますか」

「おーい飯塚、ファックス番号だとさ、少し代われや」受話器を隣で聞いていた飯塚に渡した。


群馬県の共進会まではあと二週間と迫っていた。本来であれば、地区大会があり、そこで一番か二番までに入らなければ、県が主催する共進会には出られないのだが、飯塚の属する渋川地区の共進会は一月前に終わっていた。だが来年全国乳牛共進会が前橋で開催されるので、良い牛を候補として残しておきたいという思惑と、元と登録協会の上原は二度出合っただけであったが、昨年開催された関東の共進会で、徹夜で牛の話をしていた。上原はまだ二十代後半の若者で、群馬の乳牛改良に全力を尽くそうとしていた。飯塚の牛は、予選なしで県の共進会に出品できることになった。


飯塚は三十五歳になったばかりで働き盛りであった。元の指示のとおりに毎日牛を洗い調教した。共進会の前日に、毛刈りの名人といわれている伊勢崎市に住む俊治に来てもらい、毛を刈ってもらった。元の古くからの知り合いだった。

「俊治さん、忙しいところ悪いね。この牛勝たせたくてね。産んで三週間でまだむくみが取れないのだが」俊治は、バリカンを用意しながら牛を横目で睨んでいた。

「元さん、初産だよね。いい牛だ。ずば抜けているな。今回三頭の初産を、毛刈りしてきたけど、一番いいね。明日出る前に手を入れさせてくれよ。ほかの人がバリカン持ってきてもやらせないでくれ。俺が仕上げるから」

元は俊治の言葉に、勇気をもらった。俊治は、その日二時間かけて牛の頭から首、お腹から尻尾の部分まで、特に肩の移行を何度も何度もバリカンを入れて毛を落とした。残したのはトップ（背の部分）で、ドライヤーで毛を立てながら切ると言う。元も飯塚も、俊治のバリカンの動きに感動していた。

「あとは、明日だね」と言って帰って行った。

元と飯塚は、今夜の搾乳時間を決めた。共進会で乳房をよく見せるためには、搾乳間隔をコントロールしなければいけなかった。乳房がしぼんでいては、話にならない、

「明日十二時からの出番だ、あんまり張りすぎても惨めだから、今夜十時に搾ってくれな。十四時間あれば十分だろう。明日八時には牛を積みに来るから」

元も後は任せて、帰って行った。


翌朝、元はいてもたってもいられなくなり、飯塚の家に七時前に向かった。

「どうだい、牛の調子は」まだ仕事が片付いていないので、

「早いね」と言ったきり、飯塚と奥さんは、黙々と仕事をこなしていた。

元は牛の乳房を眺めた後、ひとりでロープを取り、

「牛つけるぞ」と声をかけた。元がロープをもち飯塚がお尻を押して二トントラックに向かった。牛からはシャンプーの良い臭いがしてきた。

「怪我させないようにな。ゆっくりゆっくりだ。いいね」牛を荷台に乗せると、汚さないように尻尾を細いロープで縛り胴体にまきつけた。

「ひきわらどこだい。ここにつけていくぞ。終わったら、荷物つけてすぐに来いよ」元にしては珍しく急いでいた。急ぐ必要はないとわかっていたのだが。

飯塚の出品した牛は父親がローマンデール　カウント　クリスタンというカナダの種オスの子で、群馬の県大会で初産の部で三番目に入り、翌年の四月に行われる、全国共進会の候補牛に残ったのだ。最終審査は、二月に行われることになっており、元と飯塚には待ち遠しい二月となった。産んだばかりより、日に日に体型が変化し、よくなってきているからだ。人間もよく言われることだが、必ず一生のうちに一番美しいときがくると。まさにその時を迎えようとしていた。二月の最終審査の同じ部に、五頭ほど残っていた。

二月、粉雪が舞う寒い朝、元はクリスタンを乗せて、富士見村にある群馬県の畜産試験場に向かって走っていた。飯塚は乾草と出品に必要な荷物を軽トラに乗せて運んでいた。

全国ホルスタイン共進会は、五年に一度開催される全国規模の酪農家の祭典であり、乳牛を飼養する酪農家にとってはそこへ出品できることは、名誉であり、夢でもあるのだった。最終審査に残っているのは六十頭余りである。そこから群馬県代表として十五頭前後選ばれるのだ。

俊治が、毛刈りの応援に来てくれていた。元が牛をトラックから降ろすと、飯塚がそのまま牛を洗い場へ連れていって洗いだした。俊治は、出品時間の早い子牛を刈り終わったら来るからとのことで、それまでに洗った牛を、ドライヤーで乾かしておかなければならなかった。酪農家の仲間が、何人も挨拶していく。出品者の何倍もの人が見に来ていた。

予選会は十時に始まり次々に代表の牛が選ばれていった。十二時少し過ぎに初産の部が始まった。五頭の牛が広場を回っている。歩様も大事な要因で、飯塚が引くクリスタンは遠目から見ている元にも、輝いて見えた。共進会の常連の永坂も気合を入れて牛を引いているのが伝わってきた。牛を一列に並べた。登録協会の板橋と上原がそして高島会長も加わり牛を選ぶ。元は見ているだけなのだが、口の中がやけに乾いてきた。飯塚の表情も真剣そのもので、そこにいる審査員たちを、睨みつけていた。板橋が飯塚の牛に近づいてきた。そしてお尻をポンとたたき指を前方に刺した。こんどは永坂の牛の所へ行き、同じくお尻をポンとたたき前方を指差した。牛飼い人の背中の汗が、一瞬引くときだ。マイクを持った板橋が、二頭を選んだ理由を説明した。大きな拍手が鳴り響いた。元は胸が熱くなり、人の家の牛なのだが、涙が流れて来ていた。飯塚は帽子を取り、深く頭を下げて拍手にこたえていた。

飯塚は白髪頭に後頭部が禿げあがり、やつれた顔で歩いてきた。あの頃の輝きはなかった。少し遅れて、奥さんが歩いてきた。

「元さんよ。前橋の全共は燃えたな。今も夢に出てくるよ。クリスタンを引きながら、ぶるぶる震えていたな」

「ああ、おれも若かったからな。三日間会場のテントの中に泊まり込んだ。あのときの俺がいたから、今があるような気がするよ。クリスタンは最高の出来だったな。いい牛だったよ」

「元さん、牛飼い今日で終わるけど、七頭のうち三頭はクリスタンの血を引いているのさ」

奥さんがコップと酒の入った一升瓶をもってきていた。

「お世話になった牛と元さんにまねごとだけれど、一口やってくんない」

元がコップを握ると、奥さんが少し酒を注いだ。元は酒を一息で飲んだ。この日は、元は知り合いの四トン車を、運転手つきでかりて来ていた。

飯塚は結局のところ、希望が持てなくなったのだ。どうせやめるなら、体が動くうちにやめて、奥さんと二人で旅をするのだと言っていた。牛飼いをしていた四十年以上、二人で家を空けることはできなかった。生き物がいれば、どちらかが残り乳を搾り、えさを与えなければならなかった。最近は十年ほど前から、ヘルパー組合ができて、一年に、二、三日利用したが旅に出るからというようなことで、利用するものはまだいなかった。一日休むのには、牛の頭数にもよるが半端でない金がかかる。

四トン車に、牛を三人がかりで引き上げていく。飯塚夫婦にとって思い出に残っている牛ばかりが七頭残っていたのだ。

「悪かったな。最後まで飼ってやれなくて」

元がロープを持ち、トラックに誘導していく。飯塚夫妻がお尻を押していく。牛たちは、この日が来ることを理解しているかのように、素直にトラックに上って行った。最後の一頭になった。飯塚が牛の顔に頬釣りをしていた。元にはかける言葉がなかった。奥さんも涙が止まらない。首に巻いたタオルで顔を覆っていた。牛の目にも、光るものが見えて元は泣いているとわかった。最後に残っていた年老いた牛に近づくと、あの時と同じシャンプーの香りがしてきた。

「洗ったのかい」

「他の牛も洗ってやりたかったが、こいつだけになってしまったよ。前橋のクリスタンの直系だね。七産して生涯乳量八万九千キロは、全国でベスト二十位に入っている」

飯塚はひとりごとのように語った。

余計な肉はそぎ落とされ、肋の開帳がはっきりと浮き出て光って見えた。

「ご苦労様でした」元は牛に深く頭を下げると、モグシを頭にかけてきつく縛りあげた。ロープを持ち牛のいなくなった牛舎の通路を、出口に向かって、ゆっくりと歩き出した。素直に歩いてきた彼女が、荷台に上るタラップを前に、立ち止りお尻を押しても動こうとしなかった。その間どのくらい立ち止まっていたろうか。先にのっているうちの一頭が「モオモウ」とひと啼きすると、老牛は一歩足を前にずった。仲間に呼ばれるように少しずつ上り最期の一歩を踏み出す前に、後ろを振り返りかえった。その仕草は、自分の生まれ育った牛舎に別れを告げているように思えた。飯塚も荷台の上から空になった牛舎を牛たちと同じ目線で眺めていた。ロープをつなぎ終えると、二人がかりであおりを持ちあげて閉じた。飯塚は帽子をとると髪がうすくなっていた頭をさげ、奥さんがそのわきでまだ涙を流しながら、

「元さん、よろしくたのみます」深く頭を下げていた。

「あいよ」とだけ言って、元は助手席に乗り込んだ。

トラックが市場に着くと、元は仲間に頼み牛をすぐに降ろし、つなぎ場に七頭の牛をつないだ。

「少しでも高く売ってあげなければ」という思いがあり、何時もより多くの買い手に声をかけて、牛を見てもらった。手ごたえは十分に感じた。後はセリ台に上がる時を待っていた。セリが開始されて十分が経った。元は今日の相場は、いつもより若干高めだと判断すると、セリ台に上がり応札器を握った。七頭の牛が、次々に引かれていく。元は応札器を最初の数秒だけ押しただけだったが、買い手同志の競り合いで予想以上の値がついて落札されていく。その結果三産の四月産みのホルスタインは二十八万円という高値がついた。慢性乳房炎を患っていた二頭は、肉として買われていったが、ここのところ、成体の一キログラム当たり二〇〇円から二百五十円という高値であったので、六五〇キロもあれば十三万円にはなると踏んでいたが、それ以上だった。セリは一発勝負だから、指の離しどころが一瞬遅れると、主どりとなり買い手がつかない。主どりとなってしまった牛は最後にもう一度セリにかかるのだが、その時は買いたたかれてしまうことが多いのだった。

　飼料費は、円安の影響もあって、上がる一方であったから、このくらいに売れても、酪農家はますます厳しい状況になっているのにかわりはなかった。

　セリが終わり、食堂で食事を済ませお茶を飲んでいると、

「どうだい元さん。高く売れたかい」と、仲間の家畜商が声をかけてきた。冷やし中華ののったお盆を、元の前に置くと椅子に腰を下ろした。元はセリが終わると、市場内にある食堂でモツ煮定食を食べるのが楽しみの一つだった。

「おかげさんで、まあまあに売れたよ」

「みんな競り合っていたからな。千葉の大堀さんが二頭落としていたね」

「そうかい、後でお礼の挨拶しておこう」

「俺も買いたかったのだが、あそこまで引っ張られるとな、ボタンはなしたよ」

「元さん、この暑さはきくね」と、元と同じくらいの年齢の家畜商が、カレーライスを持ってきて座った。冷やし中華を食べているのが青木、カレーライスは渋谷と言い元の七十四歳とほぼ同じ世代の、家畜商の古くからの仲間だ。


元は、家畜商になって五十年になっていた。この世界に入ったころは、群馬の酪農家の数は、四千軒ほどあったが、今は六百軒まで減ってきていた。乳牛の飼養頭数はほぼ横ばいで、一農家当たりの飼養頭数が、六十頭を超えようとしてきていて、大型化になってきている。メガファームと呼ばれる、五百頭以上飼養する酪農家も、群馬でもいくつかできてきていた。

前橋家畜市場は、週二日開催している。北は北海道から南は九州からも買い付けにくる。しかし夏の間は、長距離を移動すると暑さで牛がまいってしまうので、今日は買い手が少ないほうだった。火曜日が成牛の日で、乳牛の乳のでなくなった老齢牛や肥育していたホルオス、和牛などが出てくる。肉になるものと、搾乳や繁殖に再度使うものとに分かれて売られていく。

木曜日は、スモールの日で、一〇〇キログラム以下で生後二月までの子牛をスモールと呼び、それ以上を子牛とわけている。週二回、元と青木と渋谷は病気で寝込まない限り、セリの終わった後、必ず食堂で情報の交換をしていくのだった。

「元さん、おれこの商売、今日で最後にしようと思うんだ。いろいろとありがとうございました」

「どうしたい青木さん、おれよりまだ若いじゃないか」

「元さんより、たしか四歳若いよ。今年で七十歳だから。でも、もう充分だな」

「サラリーマンなら、よほどでないと、卒業させられているよな」

「牛飼いの跡継ぎができて。若返えったところには若いやつに譲り、まあ何軒でもないが古川君と岡ちゃんにお願いしてきた」

「そうか。孫もできて、身体もだんだん言うことをきかなくなってきたからな」

「牛を引いて、トラックに乗せて、市場でトラックから降ろし、体重を測る。ばあさんのおとなしい牛ならよいが、元気のある牛なら振り回されてしまう。足が付いて行かなくなったな」

「そうかい。自分の体のことだから、大切にしてやらないとな」

「後でいっぱいやるべ」それまで、元と青木の話を黙って聞いていた渋谷が、切り出した。

「四十年、良く続けられたと思うよ。はじめのころは軒先でスモールを安く買い、市場へ出せば、いい儲けになったが、今では、一頭売っていくらだからな。手数料になってしまってからはうまみが減った」

「そうだな、数千円で買ったスモールが数万円で売れたからな」

「元さんだけは、パクロウしなかったな」

「まあな。一度やってみたんだが、おれの性格には合わなかったな」

昔、家畜商は、博労（ばくろう）と呼ばれていた。農家から安く買って高く売ることから、パクルをもじられて、パクロウと呼ばれていたことがあった。

多くの家畜商が、農家に和牛の子牛を買わせ、約二年から三年後に買いとった。どこの農家にも、堆肥をとるために一、二頭の牛がいた時代があった。農家は食事のあまりものを与えて、増体重や肉質など気にしないで飼っていた。和牛には、案外そのような飼い方があっているのかもしれない。一頭ずつつながれ、残飯をもらい、ブラッシングなどしてもらう。愛情込めて飼われていたのだ。肉質が良くなるからと、中にはビールなど飲ませたりする家も出てきた。松坂牛などはその始まりである。元は儲け方が下手というより、農家の手取りなどを考えてしまうから、パクリはやってこなかった。

「青木さん、渋谷さん、今晩うちに来るかい。ばあさんの手料理でよけりゃ、青木さんの卒業式やるべ」

「それなら、おれがいい肉買っていくよ」と、渋谷が言った。

「じゃあ、ビールに焼酎はおれが持っていくかな。元さんの奥さんの手料理、久しぶりにいただくか」

と青木が言った。前橋家畜市場で最も古い三人は、それぞれがしおどきを考えていたのだった。

2

明日のスモール市場へ持っていくために、山本に頼まれて子牛を積み込みに来ていた。元がいつものようにカーフハッチの前に、二トン車を止めて、あおりを降ろしても母屋からでてくる気配がなかった。

「山さん、山さん」と、何度か呼んでいるうちに、隣の家のおばさんが顔を見せて、

「三〇分ぐらい前かね、救急車が来てね、旦那さんを乗せていったよ。おかみさんもいっしょに乗って行った。何か用かね」

「山さんに頼まれて、子牛を積みに来たんだけど。山さんどうしたのかね」

「奥さんとすれ違いざまに聞いた話だけれどもね、急に胸が苦しくなって、呼吸ができなくなったん

だってさ。タバコやめなやめなといわれていたけど、やめなかったものでな」

元は、そう言われると吸っていたタバコを、いそいですてて靴底でもみ消した。

「牛はわかっているので、積んでいきますよ。もし奥さんが帰ってこられたら、そう言ってください。

言わないでも牛がいなければわかると思いますが」

元は、ナイロンロープを持つと、カーフハッチに三頭いる子牛の中から、いちばん大きな子牛、九十キロは超えている。隅のほうへ追いこんでそっと首にロープを回し、首がしまらないようにむすんだ。カーフハッチの扉をあけると、勢い良く飛び出した子牛に一瞬引きずられたが、腰に力を入れてロープをぐいと引くと、子牛は大きな岩にひっぱられた様に、脚を宙に浮かしそのままおちた。そのすきに、玉袋に手をやり二金あるのを確認した。

「さあ、さあいくぞ」何が何だか分からない子牛を、ゆっくりと立たせてあおりに足を乗せる。二人いれば、一人はロープを持ち、トラックの荷台から子牛を引っ張り、もう一人が尻を押すところだが、一人なので子牛に上って行くように、掛け声をかけながら誘導していく。子牛は、おっかなびっくり足を一歩一歩踏み出していく。二、三段上がればあとは力ずくで押し上げるのだが。それでも九十キロ近い

子牛をひとりで荷台に上げるのは、元には負担になってきていた。若い時は何でもなかったのだが、息が切れるようになり、人に頼むようになってきていた。やっとの思いで荷台に上げると、ナイロンロープをそのまま手から離した。この後、ほか二軒回り子牛を三頭積んでいくのだった。

あおりを上げトラックに乗り込むと長靴を脱ぎ、スニーカーに履き替えた。車を出す前に煙草に火をつけると、額から汗が落ちてきた。首に巻いてあるタオルで汗をふき、うまそうに一口すい長く煙を吐いた。山さん、たばこをやめると言っていたのだが、やめられなかったんだなとふと頭の中をよぎっていった。元は、中学を卒業する時には、たばこを吸っていたから、かれこれ六十年になろうとしていた。その間に、やめるかと思い、二度禁煙したことがあったが、また吸いだしてしまうのだった。だから奥さんには、朝晩みそ汁を作ってもらって飲んでいる。元の父親もたばこを吸っていたが、八十歳まで生きた。その父親は、みそ汁が大好きで、ご飯のときは必ずみそ汁を飲んでいた。みそ汁は体にいいのだと、元も小さいころから信じるようになっていたのだった。

トラックは、国道から山道に入ると間もなく二軒目の牛舎に着いた。吉田の家だ。一年ほど前に息子が嫁をもらい、酪農を継いでいる。渋川地区では、搾乳牛五十頭は大きいほうに入る。いつものところにトラックを止めると、長靴にはきかえて車から降りたところへ、

「元さん、お茶どうぞ」と、声をかけてくれたのは、息子の嫁さんだった。

「牛飼い慣れたかい」と、声をかけると、少し顔を赤くして、

「子牛にミルクをやる担当になりました」

「そうかい。下痢させるなよ。二ケ月で九十キロ目標にしてな。そしたら俺が高く売ってやるからね」

処理室の一角にある休憩室に入ると、吉田の夫婦と息子が、お茶を飲んでいた。元が椅子に座ると、すぐに嫁さんがお茶を入れてもってきてくれた。

「山さんが救急車で運ばれたよ。なんだか、呼吸ができなくなったようで」

「あれ、大変だ。良夫、ヘルパー組合に連絡しておいてあげな」と、親父さんが言う。

息子の良夫が携帯をとり、電話をかけ出した。

「山さん長引かなければいいがな」

「元さん、スモールの高い相場はいつごろまで続くかね」吉田の奥さんが聞いてきた。ここの家は、みんな勉強家なのだ。

「餌代は上がる一方だから、なるたけ長く続いてくれないとね」

元は、お茶を飲み終えると、後一軒行くからと立ちあがった。息子夫婦が元の後をついてきて、子牛を捕まえてのせてくれた。

「元さん、これいくらで売れるかね」

良夫が受精証明書を渡すと、元は証明書をみながら、

「北国の系統だな。最近人気が出始めた種雄だ。オスかい」と聞いた。

「いや、メスなんですよ」

「がんばって、十二万というところかな。オスなら十八だったね」と言うと、良夫は納得した顔をした。

元が良夫の隣にいる嫁に目をやると、涙を流しているのがみえた。

「どうかしたかい」と元が聞くと、嫁は、

「私が初めて乳を上げました。自分の子供のように思えて。幸という名前をつけて呼んでいました。淋しいものですね。わずか二ケ月の付き合いなのにね。一人前になって売られていくのですね」

「そうだな。その気持ち忘れないことだな」

そういいながら、元ももらい泣きしてしまった。悲しいからではなかった。気持ちがうれしかったのだ。こうやって人と付き合えることがうれしかったのだ。

「明日、市場に来るかい。自分が育てた子牛がいくらで売れるか。勉強になるよ」

「はい。行きます」良夫が答えた。幸という名前を付けてもらった子牛をトラックに乗せると、元は三軒目に向かった。三軒目の鈴木は、吉田の家から、車で四から五分という近くにあった。


鈴木は、五十代半ばで、酪農家ではなくて、和牛の繁殖をしていた。黒毛和種は渋川の市場で月に一回市が開かれているが、前橋でも売ったりする。牛舎の前にトラックを止めると、すぐに鈴木が現れた。

「お世話になります。元気でしたか」

「相変わらずですよ。珍しいの。一年ぶりかの」

「そうだね。オスだけれど少しひねらしてしまってね。九〇日なるけど、一〇〇キロまでいかないな」

「そうかい。見せてみな」

元は、鈴木の後をついて牛舎の中へ入っていくと、酪農家とは違ったにおいがした。食べているえさのせいだと思った。鼻カンを付けてロープで一頭ずつつながれていた。子牛も同じように、つながれていた。

「下痢させたかい」

「いや、させてないけれど。まあお任せしますよ」

「そうだね、ひと眼見て三十万で売れればいいかの。明日は来るかい」

「十時ごろには行きますよ」

「美津福の子です」

元の見立てでは、悪いほうではなかった。後は買い手がそろってくれればの話だった。

元が三軒回り子牛を積んで家に着いたのは、夕方の五時を少し過ぎたところだった。子牛たちはトラックに乗せたまま、車庫の中へしまった。


元は市場のある日は、朝が早く、五時に起きる。いつもより一時間早かった。起きるとまずは、トラックに乗せた子牛たちを見にいく。元気なのを確認すると、そのまま町内を三十分ほど歩くのだ。これは七十歳になったときにはじめて、一日も休まないで歩いてきた。家に着くと、奥さんはまだ寝ているので、昨夜の残りで朝食を食べ、お茶を飲みながら新聞に軽く眼を通すと、トラックのエンジンをかけた。このトラックも、二十年ほど使用しているので、エンジンをかけてしばらく暖気運転を夏でもしないと、調子が出てこないのだった。

七時半に家を出て、約三十分で家畜市場に着く。市場のゲートの中までトラックを入れ、子牛を降ろすと、トラックは場外に止めておく。

「おはようございます」と声をかけてきたのは、古川君だ。埼玉から昭和村へ引っ越してきて、酪農をやっている。搾乳牛を二百頭程搾っているが、それだけでは終わっていない。オガコの製造販売を開始した。エサは鹿島から自分で運んでいる。コスト削減を考えて実行する四十代なかばの社長だが、実に腰が低い。

「和牛買わないかい」と元が声をかけると、古川は真剣な顔つきで牛を見た。

「三十五でどうかね」と元がかまをかけると、

「また今度、お願いします」と、忙しそうに去って行った。スモールのセリは、十時から始まる。子牛の生年月日と受精証明書を提出すれば、それまではゆっくりしていられるのだが、元はセリが始まる前に、買い手を探しておかなければいけなかった。特に和牛は値が張るので、いきなりセリにかけても、無理な場合もあるのだ。

「宮さん、今日はホル買い」元が声をかけたのは、親子二代で家畜商をしている宮上さんだ。宮上が買うときは、牛の値段が上がると言われている。夏を除けば、月に一回は北海道に買った子牛を送るのだ。大型トラック一車に約五〇頭の子牛を買い付けるので、前橋家畜市場の相場を左右してしまうのだ。息子さんは、高校の体育の先生をしていたのだが、やめてこの道に進んできたという三十代の好青年だ。

「いや、雑も買うよ」

「これ見て」つないである、三頭を見せた。

「和牛かい。セリますか」

「お願いするよ」元は、軽く頭を下げた。買わなくても、途中までボタンを押していてくれれば、値は上がってくるのだ。

「おはようございます」吉田の若夫婦がきた。

「朝飯食べた。まだなら、ここのモツ煮定食べてみな。うまいから」元は二人を誘い、食堂に入ると、モツ煮定食を二個頼み、金を払った。

「元さん、若い人だね」食堂の、小鮒さんが声をかけた。小鮒さんは、この食堂を二十年ほど営業していた。

「渋川の吉田さん。見学に来たの。若い人に頑張ってもらわないとな。日本の畜産がだめにならないようにね」

「元さんは、食べないのかい」

「俺、朝飯食べてきたよ珍しく。だからセリが終わったらいただくよ」

若夫婦は、おいしそうに食べ始めた。その間に枠順がくじ引きで決まった。今日の受付頭数は三五〇頭で、枠は十二、最初にセリにかけられるのは、何かの都合で早く帰らなければいけない人たちの特別枠だ。

元の枠は八枠なのだが、くじ引きの結果四番目のセリ順となった。

その日の価格は、二枠六十頭ぐらい進むと、落ち着いてくる。元の牛は十一時ごろのセリとなる。

「食事したらゆっくり見ていきな。十一時ごろのセリだよ」

「はい、ありがとうございます」二人は、初めて市場にきたという。見るものすべてが珍しく感じている。間もなく十時になろうとしていた。市場がそれまでののんびりしていた時の流れから、雰囲気が一変して活気づいてくる時間だ。

特別枠の五頭が、赤帽によって引かれてくる。前橋の家畜市場でセリにかける牛たちを引いてくる人は、昔からなぜか赤い帽子をかぶっていたので、赤帽と呼ばれている。赤帽の牛の引き方によって、セリの流れが決まってしまう。電光掲示板の数字が次々に入れ替わっていく。一枠が約二十分で終わった。今日の相場はホルオスで三万から四万円。交雑種のメスが十一万から十三万円。オスで十五万から十八万円。やや高めだ。これなら、期待が持てるなと、元は確信した。

セリが開始されて三十分ほどたった頃、元がセリ台の近くに腰を下ろした。

元は、セリが自分の番になるまでの、わずかな時間下から上を眺めているのが好きだ。吉田の若夫婦が楽しそうに体を寄せ合って見ている。鈴木も間に合ったようだ。出口近くに座っているのが見えた。下から人の顔を見ていると、牛以上に状態が顔に出ているから、想像してしまうのだった。子牛が次々に引き出されていき、元がセリ台に立った。

「和牛で美津福の子です。十万円から」それまでのスタートの値から、価格が一気に引き上げられた。元は買い手の上にある電光掲示板を見て、ボタンを押していた。二十八万円でせっている人が2人になった。「あと少し」元は心の中で、念じていた。数字の上がるスピードがゆっくりになった。ここで元がボタンを離せば牛の値は決まる。三十万まであとひといきだ。元は鈴木の顔を見た。三十万を超えた瞬間だった。元はボタンから親指を離した。三十万円で落札したのは十番の加藤牧場だった。続いて吉田の家のスモールが出てきていた。八十キロなら十五万円まで引っ張ろうと思っていた。八十二キロある、十五万五千円で落札された。残るホルは買い手が多いのがわかっていたので、途中でボタンを離して掲示板を眺めていたら、六万円で落ちた。元がセリ台に立つと、一割ぐらい値が上がるのだった。

セリ台から離れて、子牛の買い手を探し、受精証明書と引きかえに、購入したという証明書をもらう。市場の隣にあるお金の清算所へ出すと、混んでなければ十五分ぐらいで、売り上げがもらえる。鈴木と若夫婦を食堂に誘い、鈴木と元はモツ煮定食を食べながら、金の出るのを待っていた。セリがまだ途中なので、食堂には数人がいるだけであった。

「ばあさんは出さないのかい」と鈴木に元が聞くと、

「年に二頭ぐらいは出すよ。でも貰い手が決まっているのさ」

「そうかい。いい値で売れて良かったね。吉田さんあと五キロあれば、五千円ぐらい上がったのだがな」

「平均の相場より高く売れてなによりですよ」旦那が答えるのを、嫁さんはあいづち売っている。

「また来るといいよ」

「そうですね。家から出て、勉強しないとね」

元は食器をかたづけると、お金を取りに行った。すぐに戻ってくると、封筒から札束を取り出して、売り上げの明細を見ながら、お金を分けて、子牛の運賃として五千円を和牛の運賃は一万円引き自分の領収書を渡した。

「確かめてね」鈴木も、若夫婦も金を数えて、

「確かにありました」という。

「旦那さんに何か洋服でも買ってもらいな」元が言うと、

「そのつもりです。ありがとうございました。またよろしくお願いします」と嫁が丁寧にあいさつをしてくれた。鈴木も、

「また来年かな」と、笑いながら席を立って行った。一人になり、帰ろうとするところへ渋谷がはいってきた。

「この間、青木さんの送別会、世話になったね」

「いや、飲み足りたかい。とびきりの肉食べさせてもらって。今度はおれの番だな」

「元さんが離れるときは、おれも一緒にはなれるよ」

渋谷がカレーライスの皿を持って、元の前に座った。青木が座るはずのところは、あいていて、二人はその寂しさを埋める言葉を探しているようだった。


元はその後山本の家へ二日たってから電話をした。奥さんからの話では旦那は一晩病院で様子を見て、返されたそうだ。これから子牛の代金を持って行くからと電話を切った。

山本夫婦には子どもがいなかった。確かまだ六〇代の前半であったと思うが、牛を我が子のように大切にしていた。

「この人ったらさ、息ができないともがいたからさ、救急車呼んだのよ。そしたら、サイレンの音が聞こえてきたら、もう治ったというのよ。カッコが付かないよね。だからね無理やり救急車に乗せたの。一晩だけね入院してもらったのよ。ご心配かけました」

元はその話を聞いて、笑いがこみあげてきたのだが、我が家よりましだと思った。二人には、まだ元

気があるから大丈夫だと、元は思った。

「はいこれ、スモール代。またね」

「元さん、今お茶入れるからさ。もう少し話しの続き聞いていってくれるかい」

「あ、いいよ。聞いていくよ」

「すまないね。この人さ家に帰ってきたら、牛飼い辞めるなんて言い出すものだからね」

「山さんどうしたんだい。まだ早いのではないかい」と元が言うと、

「病院のベットで一人考えたんだ。このまま検査の結果が悪かったら、家に帰れなかったらと思ったら、奥さん一人ではどうにもならないと。いい潮時だなと、健康なうちにやめるかなと思ったんだ」

「榛東村の飯塚の家も一ケ月ほど前にやめたが、これから旅行でもすると言っていたのだが、いざやめてみると、毎日することとなくて困ったと嘆いていたよ。やめるのはいつでもやめられるのだから、よく考えてだな」

「元さんの言う通りだよ。いつだってやめられるさ。うちはさ、借金ないんだから」

「立派なものだよ。しっかりやってきた結果だからね」

「ちがうのよ。うちは子供ができなかったので、設備投資もしないで我慢しながらやってきたから。残す必要がないからね、二人が食べていければそれでいいと思って生活してきたからさ」

「正解だったな。子供がいたからといって、後を継いでくれるとは限らないからな。県の補助がもらえるからと、無理して堆肥舎に金掛けて大きな糞乾装置なんか入れた家は、いまやめると補助金返さないとならないから、やめられないと言っていたな」

「うちはいつでもやめられから。もう少しやろうよ、ねえ」

酪農家が、トラクターを買い替えたり、牛を導入するときは半端でない金が動く。農協に預金があるものはそこから金を引き出したりできるが、無いものは土地を担保に借りるのだ。噂によると銀行のような厳しさがないという。そこは農協の良さであると思うのだが、気が付けば借金で身動きが取れなくなっているということが良くあるのだ。特に大規模の酪農家は、油断していると、すぐに億単位で借金が増えてしまう。大型の酪農家が倒産すると、農協も未収金の大きさで共倒れとなる可能性があるので、農協は融資をし続けることになるのだ。搾乳牛の一日一頭当たりのエサ代は、自給飼料をどれだけ生産しているかによって幅があるが、購入飼料一本であればどう安く見ても一二〇〇円から一四〇〇円というところだ。一日一頭当たりの牛の平均乳量を三十キロとし、一キロの乳価は夏で九十七円、冬期間で九十三円とすると、売り上げは夏で二千九百十円、冬期間で二千七百九十円で、エサ代を引くと一頭の牛が一日一五〇〇円ほど稼いでくれる。大まかに計算すると、乳代から搾乳牛と乾乳牛プラス子牛のエサ代を引き、その残額から借金を返済し、生活もしていかなければならない。

元は、暗い話が多い中で、少しだけほっとした気持ちになった。山さんは、無借金で何時でも身を引ける。おれも同じだ。一代で始めた家業だから、財産など残す必要はないと思っている。いつでもやめられるからと。

「やーるとおもえば、どこまでやるさ。それが男の魂じゃないか」で始まる、人生劇場を口ずさんでいた。元がカラオケで歌う十八番の一曲だ。そう思えば少し楽になれた。借金は、なるべくしない人生を送って来ていたのだ。

3

「元さん、今日から働いてもらう赤帽さんです。自己紹介して。元さんはこの市場の主だからね」市場で働いている真下が、新人の赤帽を連れてきた。前橋の家畜市場には常時六人の赤帽が働いている。もちろん週二日なので、ほかでも働きながらの人たちなのだが。

「町田です。よろしくお願いします」町田は、真新しい赤というよりはオレンジ色の帽子を脱ぎ頭を下げた。

「怪我しないようにして頑張ってくださいね」と、元が励ました。

一月前に入った若者は、もういないという話だった。成牛を扱うときは、命がけといえば大げさに聞こえるかもしれないが、危険を伴う仕事なのだ。五年ほど前に元は牛を引きだし、普段なら絶対しないのだが、ロープを手にひと巻していたところがあばれだして、ロープを離したのだが右手の小指を第二関節からなくしていた。気を抜くとすぐに事故につながるのだ。子牛だからと言って、油断していると思わぬ大事故にあった人もいる。渋谷は、子牛に走られ自分もはしって行ったのだが、足がもつれて倒れて入院したことがあった。牛を扱っていれば、何かしら怪我をしているものだ。どんな時でも気を抜いてはいけない。元はそう思いながら五十年この道一筋で生きて来たのだが。

セリが始まった。成牛のときは、スモールとは逆の北側から入ってくる。そこには、鉄パイプの牛つなぎが中まで伸びていて、暴れる前に赤帽たちは、そこにロープを巻きつけ徐々に送って行き、その牛の出番が来ると、ロープをほどき真ん中に立っている鉄柱に巻きつける。牛の動きを予測して、牛よりも先に動くのだが、一瞬の動きと判断が大事になる。ロープを縛る時も、すぐにほどけるような縛り方でなければいけなかった。元は台の上のほうで、自分の番が来るまで渋谷と並んで座っていた。渋谷が話しかけてくると、それに答えながらも目は先ほど自己紹介をしてくれた、町田のことを追いかけていた。その顔は、必死に牛を扱っていた。不思議なもので、引き手の緊張感は、引かれる牛にも伝わり、牛も緊張してくるのだった。今日の扱い頭数は、百四十二頭と書いてあるから、六人の赤帽なら、二十五頭の牛を引く計算になる。力を入れっぱなしになっていると、最後まで持たないかもしれないと思った。

元の出番が近づいてきたので、セリ台の近くまで下りていくと、町田が赤い顔をして元に頭を下げた。元はそれを見ると、

「力抜いて、肩の力」と通りすがりに声をかけた。そのつぎからだった。町田の引く牛が落ち着いてきたのだ。町田が肩の力を抜き落ち着けば、牛も落ち着くことを感じたにちがいなかった。

十年ほど前のことだった。誰からも六さんと呼ばれ、牛を引く名人の赤帽がいた。六さんは、家で朝必ず缶ビールを一本飲んでくる。たんに酒好きなだけでなく、自分が緊張してしまうので、リラックスするために飲むのだと自分自身に向かって言っていた。暴れ牛でも、六さんがロープをもち、一声、ふた声掛けると、おとなしくなってしまうのだった。元が不思議に思い、

「六さん、なんて声掛けているの」と聞くと、

「悪いが教えられない。俺にも一つだけ、秘密をもたせてくれな」と言うのだ。牛の耳元で、何か確かにしゃべっていたのだが、ききとれなかった。その六さんが、退職を向かえる日がきた。元は、もう一度聞いてみたのだが、

「大した話でないので、勘弁してくれ」と逃げられてしまった。六さんがスモールを引くと、牛の値段が上がるのだ。牛をよく見せるためだ。その後六さんは、孫を連れて市場へ来ていたりしたのだが、退職して三年たった年の暮れ、元のところへ奥さんから喪中のはがきが届いたのだった。

翌年の初市は、六さんのことが話の中心になった。

「六さんが亡くなったんだね。何か聞いていたかい」と赤帽の仲間に、元が声をかけると、

「肝臓の癌に侵されていたようですよ。家族の話では、昨年の夏あれほど好きだったビールを飲まなくなったと。家族がおかしいから病院へいけといっても行かなかったので、奥さんと息子が強引に連れて行くと、検査結果が出るとすぐに入院となり、手術ができない末期の肝臓がんだと言われたらしいです。国立西群馬病院に回されて、そこから出ることなく最後となったそうです」

六さんは、六十四歳の誕生日を迎えようとする前に亡くなったという。早すぎるなと元は何度もつぶやいていた。

六さんは元にとっては、忘れられない人だったが、もう一人忘れられないというよりか伝説の人がいた。本山さんだ。本山は、群馬県内で、指折りの家畜商をしていた。成牛の市では、本山を超える買い手はいなかった。市場に出てくる牛の半分に近い頭数を、毎回買っていた。元がどうしてもほしい牛を、

本山に買われて、セリが終わった後本山に、

「牛を譲ってくれないか」と頼みに行ったとき、

「どの牛かな。今日は三十五頭買ったのだけれど」

本山が買った牛が繋がれているところへ行き、

「いくらの牛でしたか」と聞いてきたので、元は
「十八万」というと、

「十八万三千円と八千円の牛がいるけれど、どちら」という。

「本山さん、買った牛の値段覚えているの」

「覚えていませんか。百頭ぐらいまでなら。牛とその買値は覚えていますよ。ただ、その日だけですけれど。明日には、新しい牛を覚えなければならないのでね。一日だけですけれどね。」本山はえらぶるところなく、当然のことのようにいった。

「すごいですね、八千円のほうです」元は、驚いていた。

「その牛は、これだけれど、まちがいありませんか」元には、牛まで頭に入っていなかった。本山から売買証明書を見せてもらい、

「まちがいないです」と答えた。この話を、渋谷や青木に話すと、二人とも驚いていたが確かめてみようという気が起きたらしい。

元が試したのと同じように、牛を譲ってもらうことにして、値段と牛の特徴から聞いてみたが、的中したそうだ。市場内でその話は尾ひれがついて広まり、伝説の人となった。

本山は今はこの家畜市場の理事長になっていた。本山畜産は長男が跡を継ぎ、和牛の繁殖を三百五十頭と、肉の卸で群馬県はもとより、関東一円にテリトリーを広げていた。若社長を元がからかったことがあった。

「会長は、買った牛の顔と値段を百頭ぐらい覚えられると言うけれど、社長はどうだい」

「俺には全く興味ないですね」とあっさりといい切ったので、元は笑うこともできなかった。

「遺伝しなかったのか」と元は独り言をいった。

町田は、元に会うたびに元気にあいさつをしてくれている。元も町田の牛の引き方を見ていて、気が付いたところがあれば、注意をしている。経験豊富な元だから、町田は黙って従っていた。

4

二〇一一年三月十一日、金曜日の午後二時四十六分東日本大震災が起きた。市場内で働いていた事務職の後藤は、この市場がつぶれるのではないかと、急いで外に出たという。長い余震の後テレビをつけると、過去に例を見ない想像をはるかに超えた津波が東日本の太平洋岸沿いの町や村をのみこんでいた。その後間もなく福島県の原子力発電所の事故が報道された。

元はトラックを運転していて、ラジオから地震とその後の被害を耳にしていた。

「えらいことが起きたな。当分日本はめちゃくちゃになるな」と、元はひとり言を言いながらラジオに集中していた。トラックを降りて自宅の玄関を上がると、ばあさんが、テレビの前に座っていた。

「えらいことになったね。人も家も車も、船もみんな流されていくよ。えらいこった」と言いながら、手ぬぐいで目頭を押さえていた。

「当分駄目だな。えらいことになるな」元も炬燵の中に、足を伸ばした。次から次へとテレビは、津波の様子を流していった。夜七時過ぎ、ばあさんはテレビの前からやっと立ち上がり、台所で食事の準備に取り掛かった。元は飯を食べる前に、台所から、コップ半分に焼酎を入れて、ポットのお湯を半分たして、ちびりちびりやりながら、終わりのない始まったばかりの、ドラマを見ているのではないかと、錯覚を起こしていた。

大地震の後三週間が過ぎていた。福島で稼働していた原子力発電所は、津波により爆発を起こし、放射能汚染が大問題となっていた。

前橋の家畜市場は一週間休んだが、その後は通常営業となっていた。

元は二頭のばあさん牛を連れてきていた。そこへ福島ナンバーの大型トラックがついた。トラックには十頭の和牛が乗っているという。仲間の渋谷が元のところへやってきて、

「放射能にやられているらしい」といった。

「買い手がいるかな」というと、

「国から補助金が出るらしいよ」

「買ってどうするんだ」

「除染するらしいな。飼いなおしだな」

そのような話が、あちらこちらで話されていた。セリが始まると、最後に福島から来た和牛たちが出てきた。

セリ人から若干の説明あり終わるとセリが再開した。

「三百八十キロ、五十四か月令になります。登録書が付いています。それでは三万円から三万円、二万円、二万円、それでは一万円、一万円」誰も、ボタンをおさない。千円でやっと、掲示板の数字が動いたが五千円で本人に落ちた。なんでもなければ繁殖用として、一頭十万円近くには売れたはずだと元は思っていた。結局、十頭とも値段がつかなかった。元は福島から来た牛達が、また同じトラックに乗ったところを見ていた。これからこの牛達は、どこへ行くのだろうか。次のセリのある市場へ向かうのだろうか。元はなぜだか涙がこぼれてきて、止まらなかった。

原発の話題は毎日テレビから流れていた。そのたびに東電の関係者のいい加減な話に、元は怒りを覚えた。爆発現場で、防護服をまとい必死で事故に向き合っている人たちには頭が下がる思いなのだが、安全なところに身を置いた東電の偉い人たちの話にはなんの反省も見えてこない、反省の顔を置き忘れてしまっていた。

元はいつもそうだと思った。末端で働く者が、何時も犠牲になるのだ。雲の上の人たちは、眺めているだけなのだと。福島から来たというだけで、当分の間、牛は売れないだろう。ましてやテレビから流れる、原発から二十キロ圏内は、住むことを禁じられた。そこに住む人々はすぐに立ち退いたが、ペットの犬や猫たち、家畜の牛や豚や馬にダチョウまで、見殺しにされているのだった。一部に動物愛護団体の救済の手が入っているが、その人たちだって命がけだ。牛にえさを持っていく農家の人がテレビで泣いていた。搾乳牛は、繋がれたまま倒れていった。

元はどうして牛の首をはずしてやらなかったのか疑問に思っていた。一緒に解き放っていれば、何日かはより長く生きられたであろう。運が良ければ、えさを与えに来てくれる人に出会うかもしれない。野放しになって生きている家畜たちをテレビの画面から何度か見た。そのたびに繋がれて死んでいった牛たちに元は心が痛んだ。海にのみこまれて帰れない人々が大勢出ている。元の親戚が福島にあり、一週間だけれど泊って行った。「もっといて構わないんだよ」と言うと、福島に帰って国が用意してくれた避難所にはいるといった。

明日帰るという日に、元は伊香保温泉へ連れて行って一泊した。みんなで酒を飲み、別れを惜しんだのだが、これから先のことを考えると、放射能の汚染の問題はこれから何十年と続くのだから、笑ってなどいられないという気持ちになった。伊香保温泉の帰りに、温泉街のすぐ下にある観光牧場に立ち寄った。

場内へ入っていくと、テレビで放映されていた、ダッシュ村から避難してきているという、ヤギと羊に出会った。

「俺たちと一緒だな」親戚のだれかが言った。

「ここに来られただけ、幸せもんだよな」そのあとは、言葉にならなかった。

元と知り合いの人がいると言う。近くで働いていた飼育員の女の子に、その人の名前を告げると、「すぐに呼んできますので、お待ちくださ い」と、女の子は走って行った。

　五分ほどたっただろうか。

「元さん、お久しぶりです」とあいさつをする男が歩いてきた。

「忙しいところ、悪かったね。福島の親戚が帰ると言うので、伊香保に一泊したんだが、時間があったので牧場へ寄らしてもらったよ」

「わたしは牛から離れて、今イチゴを栽培しているんですよ。どうぞイチゴ狩りしていってください」

みんなを誘ってくれた。

「山田さん、身体を壊したと聞いていたが、元気そうで何よりですね」

山田は少し足を引きずりながら、歩いていた。

「はい、おかげさまで少しずつ元気になってきました」と笑いながら、ハウスに案内した。

「すごいね、こんなの初めて見たよ」元は、イチゴが立体型になっているのを見て驚いていた。

「土は使ってないんですよ。水耕栽培でして。食べてみてください」ヘタいれをもらうと、元が大きめのイチゴをもいだ。口にはいれずに匂いを嗅いでいる。

「いい香りだ」ヘタを取り、半分口の中へ入れた。

「あまいね。うん、うまい。こんなイチゴ初めて食べたよ」

「紅ほっぺと言います。これからの品種で、コクと香り売りなんです」

おいしいと言いながら食べていた親戚の者たちが、

「福島におみやげとして持って帰りたいのですが」と言うと、それ用の容器と箱を出してきてくれた。

「いつお帰りですか」と山田が聞くと、

「明日中に帰ります」と言う。

「山田さん、うちもひとつ土産にしたいのだが」と元が言う。

「今摘みますからね」と言いながら、レジ係の人もでてきて手伝い摘んだ。

「元さんは、相変わらず元気そうで何よりですね」

「いや、なかなかやめられなくてね。この頃は動けるうちは働こうとおもっているの」

「それがいいですよ。私のような、サラリーマンは本人の意思に関係なくお払い箱ですから。自分で決められるなんていいですよ」

福島からきているヤギたちを、もう一度見てから帰ると言う。

「これからの日本はどうなるのかな」と元がぽつりと言った。

「元さん、若い人を信じるしかないよね。おれたちの時代は、もう終わろうとしているんだから。大丈夫ですよ」と山田が声をかけた。

「そうかの。大丈夫かの。心配いらないかの」元の声が静かに響いていた。


数日後のことだった。成牛のセリが終わり、元がいつものようにモツ定を食べている所へどこかの大学で先生をしていると言う人を、理事長の本山さんが案内してきた。

「元さん、こちら東都大学で農業経済学を教えている三田先生です。今日は市場の調査で寄ってくれました。先生こちら家畜商を五十年以上勤めている元さんです。私より前橋家畜市場については、詳しく知っておられます」

「そんな立派なもんではありませんが、一番古い人間です」

「そうですか、少しお時間頂けるでしょうか」と言いながら、元の前に腰を下ろした。

「わたしは来年の三月で大学を定年となります。私は学生たちに農業を通した経済学を教えてきました。テレビや新聞でご存知かと思いますが、いま日本はＴＰＰに参加するかしないかということでもめております。いやそれ以前の会議に参加するかしないかでもめていると言うのが正しいのですが。ＴＰＰ聞いたことありますか」

「先生、いきなり難しい話だね。耳からは入ってきているけれど、何のことだかはよくわからないな。こちらが聞きたいよ」

「平たく話せば太平洋の周りにある国、九か国、今は、十一か国が貿易をするときに関税を取り払い、自由にやりましょうということなんですよ。ただそれにはいくつもの問題があるわけでして、賛成と反対に分かれるんですね」

「先生、自由にやると、日本の農業が負けると言うのでしょ」元はテレビの討論会で聞いたことを思い出しながら、話してみた。

「そこなんですよ。二〇一〇年の資料では、日本の農業人口は約二百六十万人で人口の三％です。農業従事者の平均年齢は何歳ぐらいだと思いますか」

「高齢化が進んでいると言われているから、五十五歳位かな」元は今までこんなこと考えてもみなかった。

「五十五歳なら、まだ希望が持てたかもしれませんが、六十五歳なんです。一農家当たりの耕地面積は、アメリカの九十九分の一、オーストラリアに比べると千八百六十二分の一。これでは勝ち目はありません。どうして日本の農業はこのようになってしまったのですか。国がいけない。国のなにがいけなかったのでしょうかね」

「六十五歳ですか。サラリーマンでは定年を過ぎていますね。私は家畜商として五十年ここ、前橋家畜市場で牛の売買をさせてもらって来ました。畜産も酪農が良い時代がありました。搾った牛乳が足りなくて、水混ぜても売れた時代がありましたね。今はどんどんやめていく。借金残して、夜逃げする人もいる。一頭の乳牛がミルクを一年間で生産する能力は、五十年前はたぶん四〇〇〇キロいくかいかないかだった。今は牛の改良が進み、九千キロにちかいのではないかな。それなのに儲からないと言う。先生、なぜですかね」

「一リットルのパック入り牛乳の小売価格は、二十年前に比べると、横ばいもしくは、安くなっています。エサ代を含めたコストは上昇するばかりなのに牛乳は水より安い。これでは牛が好きでも牛飼いを目指す若者はいません」

「先生の言うとおりだとしたら、どうすればいいのかね。名案はありませんか」

「そこが分かれば、大学の先生よして牛飼いになるよ。なぜ儲からないのか。儲かっている所があるのですよ。エサに金をかけない。おからとか、醤油カスとかビールカスと言うカス酪農です。カスだけではだめです。それと良質の粗飼料を作るのです。粗飼料は自前で作る。コーンや麦は輸入して粗飼料はサイレージとして使う」

「先生、それ昔やっていたよ。今もやっている人多いと思うよ」

「元さん、そこしかないのです。牛十頭で儲からない人は、千頭飼っても利益を上げることはできないです」

元は何だか話が面白くなってきていた。

「先生、酒好きかい。ビールは飲めるかい」と元が聞くと、先生は、

「なんだか飲みたい気分ですね。一杯やりますか」

「小鮒さん。ビールとモツ煮くれるかい。それとコップ二こね」

「はいよ」カウンターの中から元気のいい返事がする。

「なんだか楽しそうですね。はい先生お注ぎしますか」

「暗い日本を何とか明るい日本にしたいと思っていました。日本中を回り話を聞かせていただいたり、時には偉そうに道を説いてきました。結局それだけのことでした。私一人が叫んでも何一つ変えられなかった。残念です」

「先生、ここのモツ煮おいしいから食べて。小鮒さんの愛情が込められているからね」

元もビールを飲んだ。昔は、セリが終わると必ず酒かビールを軽く一杯飲んでから、帰ったものだった。今はそんなことする者はいない。元と先生の周りに、一人二人と集まってきて、話に参加してきた。

「先生、おらいつも思ってきたんだけれども、補助金が農家をダメにしてしまったんではないかと。米作らなければ金くれると言うのは、どう考えてもおかしいよな」

「俺も思う。だって働かなければ、金をくれると言うのは、みんなの労働意欲をなくさせるよ」

「労働意欲、その通りですね。働けばお金になる。冷蔵庫がほしい。カラーテレビだって買える。昭和

四十年から五十年にかけては、希望をもって働いていましたよね」
「そうだね。休みなしで働いていた。補助金だって良く働いたから、褒美を上げるのなら意味があるよな、作らない人に上げたら、よけい働かなくなってしまった。という人ばかりでないけれどね。間違いでしたね」

その日先生は、東京へは帰らず前橋のホテルで寝て帰った。元もトラックの中で朝を迎えていた。この年で朝帰りするとは思ってもみなかったが、なんだか少し若返った気持だった。昨日までの元はいつ引退するかばかり考えていた。今朝は少し違っていた。いつでも良いと思うようになっていた。
「元さんに売ってもらうと、高く売ってくれるから」という古くからの客がいる。俺の体が動かなくなるか、客が俺から離れていなくなるまでは、続けてみたい気持ちに変わっていた。

家畜市場が、全国的に縮小されていく中で、前橋家畜市場は、まだまだ役目を終わるわけにはいかなかった。関東圏内ばかりでなく九州や北海道からも、牛を購入しに来るのだから。もうじき築六十年になろうとする建物で高い屋根の下でくるくると年代物の扇風機が音をたてて回って、生暖かい風を送り続けているが、その中には三年ほど前に最新の電光掲示が入り、赤や黄色の派手なサインを点滅させているのだった。

ジャッジマン

1

勇樹が、初めて共進会で牛を引いたのは小学四年生の春休み、一九九〇年に行われた群馬県のブラック　アンド　ホワイトショウであった。その時父の勇三は、勇樹と牛のすぐ近くを、ぬれたタオルと虫よけスプレーを持って歩いて回っていた。その日のジャッジマンは、日本ホルスタイン登録協会の牧原だった。牧原が会場の中央で順番に会場に入ってくる牛を見ていると、一一一番の紙の帽子をのせた小さな少年の引く牛が目にとまった。牧原は最後の牛が会場に入るのを確認すると、一〇一番の牛から審査を開始した。

勇樹は少し緊張した顔つきで、父から教えられたとおりに、がくすいを軽く手でつかみ持ち上げて、前を歩く牛にぶつからないように、ゆっくりと牛を歩かせていた。

牧原が近づいてきて、緊張をほぐすかのように、

「いい牛だね。ぼくは何年生だい」と言葉をかけた。

「四年生です」勇樹は、はっきりと答えた。一部の牛は、一二頭出品されていた。大人の中に入って、一三〇センチと明らかに小さな勇樹が、黒がちな一部では比較的大きな牛をリードしていた。

「練習したね」

「はい、毎日学校から帰ると練習しました」

牧原は、牛の周りを一周すると、牛の顔つきが変わったと思いながら、次の牛へ移動していった。勇樹の緊張がとれて、肩の力がぬけると、牛の歩様も自然になった。初めての共進会で、緊張感から少し大きめな皮手袋の中が、汗でぬるぬるしてきていた。

「勇樹、いいぞ、その調子だ。今度来たときはジャッジマンを見ていろよ。選んでくるからな」

父親の勇三が、声をかけた。勇樹が引いている子牛は最近アメリカで活躍しだしていた、スターバックの子供だった。勇三が五本取り寄せた精液のうちやっと生まれた雌子牛だった。勇三の見た目では、上位に入ることは確信できていた。牧原が二度目に勇樹の所へ近づいてきた。牛の後ろへ回ると、お尻のあたりを手で触った。

牧原が、牛の回るサークルの中央にもどり、係員の人と少し会話した後、牛を選び出した。会場に緊張が走る。牧原はネクタイに軽く触れた後、選ぶ牛に歩み寄り一〇三号を一番最初に、二番手に一〇七号牛、つづいて一一一号の勇樹の牛を三番目に指で中央へさした。

「勇樹、ゆっくり中へ入って行け。三番目だぞ」

勇三は、先程より大きな声をかけた。勇樹は、背中を流れていた汗が、一瞬引いたように感じた。自分の引く牛が三番目に選ばれたんだという実感はなかったが、会場の周りで見ていた人たちが、勇樹の牛を指差したとき、どよめきのようなものが聞こえてきた。

一二頭のうちの六頭が一列に並び、残りの牛は後方で一列に並ばされていた。今度は牛が止まった状態で審査させられるのだ。歩いていれば見えなかった牛の弱点が見えたりする。牧原は、最初に選んだ三頭の牛の後ろに立ち、尻の角度や後ろ足を含め、外貌を比較していた。勇樹が顔をあげ牧原を見たときだった、牛の尻をたたいて指を一本たて、前へ指差した。勇樹は並んだ位置から牛を引き出した。そのあと一番目に選んだ牛を指し、二番目の牛を三番手に選んだ。場内から拍手が起きた。ロープの外でこちらを一心に見ていた勇三も、小さなガッツポーズをとっていた。勇樹が勇三のほうに目をやると、目がしらを手で押さえている顔が見えた。それを見た勇樹も涙が知らないうちに、ほほを伝わってきた。

テントの前に一番目から六番目までの牛が並び、ほかの牛は出口へと向かって歩き出していた。革頭絡の首の所へ、白い大きなリボンを結んでもらった。マイクを持った牧原ジャッジマンが勇樹に歩くように指示を出した。

「一番にした牛をリードしていた少年は、小学四年生だそうです。私は驚きました。かなり練習したと思います。そしてこのクラスにしては、牛は非常に成長がよいと思います。体高に対する体長のバランス。二番手、三番手の牛に比べると、体高が高いだけでなくバランスの良い高さでした。牛はリードする人を信頼して歩きます。これから先、牛も少年もまっすぐ伸びていってほしいものです」

勇樹は少し照れながら、牛を引いて帰って来た。勇三は出口の所で、にこにこしながら、牛を受けとった。

「お疲れ。よい歩きだったな。疲れたろう」

「腕の筋肉が、パンパンになっているよ。お父さんジャッジマンってかっこいいね。僕もなれるかな」

「なるって、ジャッジマンにかい。なれないこともないだろうけれど。終わったら牧原さんに聞きに行こうか。どうしたらなれますかって」

「お父さん、聞いてくれる。こうやってさされたとき、背中の汗が引いたんだ」

勇樹は、右手で何度も真似をしてみた。勇三は、笑いながらそれを見ていたが、子供のことだから、ジャッジマンのことなんかすぐに忘れてしまうだろうと思っていた。共進会が終わるまで、勇樹は会場の入り口で牛とジャッジマンの牧原を見続けていた。

勇樹は牧原との出会いが、始まりであり、終わりのない人生への第一歩とその時、きづいてなかった。


山本勇樹の家族は、父の勇三四十歳と母の君代三十八歳、さえおばあちゃん六十五歳と小学校六年生になる姉の優奈の五人である。おじいちゃんは昨年六十八歳で亡くなっていた。酪農はおじいちゃんが三十歳になったとき一九五一年、終戦から六年たったころ、こんにゃく栽培から牛を二頭飼い始めて、乳を搾りだしたのだった。終戦後、「子供たちに牛乳を飲ませなさい」というＧＨＱの指導により、アメリカから多くの乳牛が導入されたのである。

勇樹の住んでいるところは、群馬県の榛名山ろくの標高五〇〇メートルほどの高台にあり、東には赤城山が雄大なすそ野を広げており、坂東太郎と呼ばれている利根川が街の中を流れている。

勇樹は小学校へ行く前と帰って来てから、毎日の日課として子牛にミルクを上げる手伝いをしていた。

これで小遣いをもらおうとかの考えでなく、牛が好きなのだった。小学校に上がる前から、遊び相手は子牛であり、遊び場所は牛小屋の中だった。

ブラックの共進会が終わってから、父の勇三は、家畜登録協会に電話で、「どうしたらジャッジマンになれますか」聞いてみた。いくつかの方法があるのだが、ホルスタィン登録協会が実施しているジャジングスクールを何回か受講して、成績優秀であるならば、認定してくれるという。勇樹は、学校から帰ると、勇三が取っている乳牛の雑誌、ホルスタインマガジンを何度も何度も見ている。

「勇樹、その雑誌面白いかい」と聞くと、

「ホルマガ見ていると、勉強になるよ」と、答えた。勇三はホルマガが届くと、酪農家を紹介している所と、各地で行われている共進会でどの親牛が増えてきているのかを見るぐらいで終わってしまうのだが、まだ小学校四年だと言うのに、「勉強になる」という。おれなんかより、牛を見る目、センスがあるかもしれない、ふと思うようになった。

小学校の一学年上の五年生のクラスに、同じ地区の酪農家の娘さんがいた。勉強ができると、お父さんに会うと自慢話ばかりされてしまう。今度会ったら勇樹のことを自慢してやろうと思っていた。山本家の所属する酪連の総会に参加していた勇三が帰って来て、妻の君代と搾乳しながら総会での話をしていた。

「総会で、勇樹君、元気ですか。なんて聞かれたよ。元気ですよ。どうかしましたか」と聞くと、

「共進会で見て、うらやましくなりました。うちの子は、牛なんか見向きもしないんですよ。先が思いやられますね」

「そうですか。何年生ですか」と聞くとね、中学三年生だと言う。

「難しい年頃ですね。そのうち興味を持ちますすよ。そうですかね」で、話は終わってしまったと言う。

「勇樹だっていつまで続くとは限らないよな。中学に入れば部活に入らなければならないんだろう」

「そんなことはないと思いますよ。勇樹の牛好きは、幼稚園の頃からでしたよ」

「まあ、今から心配しても仕方ないか。本人に任せるしかないものな」

五年生の秋のことであった。関東地区の代表牛が、千葉の館山で共進会を行うと言う。学校の行事で、勇樹は群馬の県予選に引けなかったが勇三の引いた牛が、群馬県代表に選ばれていた。

十一月十五、十六日開催される。土、日なので、勇三が

「勇樹。千葉へ一緒に行くか」と聞くと、

「お父さん、行っていいの。連れて行って」

満面に笑みを浮かべている。

十一月十四日の夜、前橋家畜市場に集合して大型トラックに牛を積み込み、荷物は各自のトラックで運んで行くことになった。勇三は高崎の清水さんに頼んで、荷物を乗せて行ってもらうことをお願いした。その時に、

「息子も連れて行きたいので」というと、

「一緒にトラックに乗って行けばいいよ」と言ってくれた。

勇樹が学校から帰るのを待って、軽トラックに荷物を積んで前橋へ向った。牛は農協のトラックで、先についていた。北軽井沢から四頭をはじめとして群馬の各地から代表牛十五頭が集まった。

勇樹にとってトラックの旅も初めてで、眠たいとも思わなかった。夜の九時に前橋を出発し、都内に入る前に食事をとり、館山に着いたのは午前四時頃だった。勇三が、

「眠たいか」と聞くと、

「ぜんぜん大丈夫」という返事が返ってきた。勇樹は勇三と一緒に牛を洗い終わり、朝ご飯をみんなでテントの中で食べると、他の県の牛を清水さんに連れられて見に行った。

「大きいな。この牛」千葉県のエリアにきた時だった。五、六人の人だかりができていた。そこには白い未経産牛の大きな牛が、毛刈りをされていた。

「バリアントの子だよ。長坂さんのインスピレーションと勝負する牛だな」

清水さんが教えてくれた。

「今日の午後、体側があるからその時体高が分かるけど一六〇近いな」

「お父さんが引くアストロジェットも大きいけれど、これよりは小さいな」

勇樹は清水さんにつぶやいた。

会場のはしの方で、勇三と勇樹が一部の審査を見ていた。ジャッジマンは、ホル協の審査部長になっ

た、昨年群馬のブラックで勇樹に声をかけてくれた牧原だった。一部の審査好評が終わると、牧原が勇三親子の所へ向って歩いてきた。

「大きくなったね。牛連れてきたのですか」

「おかげさまで、五部に出ます」

「ぼくが引くの?」

「今回のは少し大きすぎるので、私が引きます」

「あとで見させていただきます」というと、中央に戻って行った。

「牧原さん、勇樹のこと覚えていてくれたんだね。さあ、戻って牛の手入れしようか」


昨夜は二時間交代で、牛が汚れないように牛の糞とりをした。勇三は、北軽井沢の古賀さんと一緒の組だった。深夜の十二時から午前二時まで、勇樹も持ってきた服を全部身に着けて、手伝いをした。

「お父さん、寒いね」というと、古賀さんが缶コーヒーを温めて、持ってきてくれた。

「飲めや。未成年にビールとはいかねえから。甘い缶コーヒーだぞ」

「ありがとうございます。勇樹、古賀ちゃんから缶コーヒーだ」

手渡された缶コーヒーが温かくて、飲まないで勇樹は両手で握りしめていたかった。

「牛好きか」と聞かれたので、

「はい」と答えた。

「古賀ちゃん、勇樹はジャッジマンになりたいと言うのだよ」

「いいね。どうせなるなら、ワールドデイリーエキスポでジャッジするくらいになってほしいな。まあその前に北軽の共進会でジャッジマンしてからだな」

「あと十年くらいしたら、お願いします」

勇三は古賀に頭を下げた。冗談とも本気とも取れない会話だった。勇樹は一晩で、群馬から来ている人たちに、名前を憶えられた。


五部の審査が始まろうとしていた。勇樹は糞をしたらすぐ汚れを拭けるようにとぬれたタオルを持ち、もう一方の手には虫よけのスプレーをもって、勇三の引く牛の後を歩いていた。アストロジェットは勇三の古くからの知り合いで、近所の酪農家小山から購入した牛だ。気が付くと、勇樹の周りには、群馬から応援に来た小山に、清水、古賀に長坂、真下、佐々木、出番の終わった人ばかりでなく、これからの人も集まって来ていた。

「勇樹よ、ジェットは昨日の体側で何センチあったたい」小山が聞いてきた。

「一五六センチです。何時ごろ着いたんですか」と勇樹が聞くと、それには答えないで、

「勇三、もう少し顔を上げて」

小山が声をかけた。小山は七〇歳で、酪農を辞めると言っている。それまでに一度全共の舞台に、自分で育てた牛を出したいと言う願いがあった。あと三年しかなかった。暇があると勇三の家に遊びに来て、夕方の搾乳が始まる時間まで、牛の話をしていく。

「牧原さん、でかい牛は好きでないからな」

長坂が、ぽつりと言う。

「勇樹がジャッジマンなら、どの牛を一番に選ぶ」古賀が言った。

「五〇四、五〇八とジェットです」勇樹は、頭の中でいい牛だと思った牛を、そのまま言ってみた。

「いい目をしているね」清水が、褒めた。

牧原が牛を選び出した。勇樹が選んだ牛三頭も、頭の方で選ばれていた。一列に並んで比較審査に入った。勇三の引くジェットは、四番手にいた。一番から四番までの牛四頭が小さなサークルで歩かされた。牧原は、勇三の牛を二番手に指差した。

五部の序列が決定した。五〇八、ジェット、五〇四の順番となった。

勇樹は、自分で上げた三頭がそのまま一番から三番まで占めたことが少しうれしかった。

「おい、まぐれあたりか」古賀が、からかってきた。昨夜の糞とりで仲良くなっていたのだった。

六部の審査が始まっていた。勇三は写真の撮影がありこられなかったが、勇樹は古賀や清水に挟まれて、牛を見ていた。

「千葉のバリアントと長坂のインスピレーション、勇樹よ、どっちが上だ」

また古賀が声をかけた。勇樹の目には、優劣がつけられなかった。

「わかりません。二頭ともすごい牛ですね」

牧原は、インスピレーションをトップ、バリアントを二番手にした。

牧原は選んだ理由を説明した。

「生産性を考えた場合、体高には限度があります。一番にした牛と二番にした牛、二頭ともまれにみる素晴らしい乳牛の特質を持っています。二番にした理由は、ここまで高いと、ひとが扱いきれないからです」

勇樹は牧原の説明で、納得した。

2

勇樹は、中学から渋川市内の普通高校へ進学してサッカー部に入った。以前のように家の手伝いなどすることもなく、毎日サッカー漬けの生活だった。放課後いつものようにサッカーをやっていると、事務の女性の人が監督の所へ走って来た。監督に何かを告げると、監督が

「おーい山本ちょっとこいや」手招きしている。勇樹が走って行くと監督が勇樹の肩に両手をやり抱きかかえるようにして、

「親父さん、トラクターで事故にあったらしい。前橋にある病院に救急車で運ばれた。早く着替えて病院へいきなさい。命には別状はないようだ。職員室から電話かけてからな」

勇樹は職員室に走って入り、電話を借りて自宅にかけた。おばあちゃんが出て、おかあさんは救急車の後を追って、軽トラで病院へ行ったまま帰って来てない。病院は前橋にある老年研附属病院だという。どのあたりにあるのか見当もつかない。それを聞いていた先ほど呼びに来てくれた事務の女性が、

「山本君、病院まで車で乗せて行くよ」親切に言ってくれた。

「着替えたらここにきてね。待っているからね」

勇樹は、電話を切ると、走って部室へ戻り学生服に着替えた。

看護師に案内されて、勇樹が面会謝絶の札がかかった病室のドアーをそっと開けると、頭に包帯を巻いた父親が点滴をうけている。眠っているようだ。その姿を見て、中学から高校の三年生にかけた五年間家の手伝いもせず、サッカーをしていた自分に「仕事てつだえ」と一言も言わなかった親。口を開けば親を見下していた言葉を使っていた自分が、なんだか申し訳なくて、自分が情けなく、親に苦労かけていたのだと思うと涙が止まらなかった。子供のように鼻水を出しながら肩を震わせて泣いていると、

「生きているよ。父ちゃん、大丈夫だ」

母ちゃんが、自分より頭一つ大きな勇樹の頭を撫でている。

「二週間も入院していれば、退院できるって先生、説明していたよ。牛が待っているから帰ろう。明日また来るからね」

眠っている父ちゃんに、声をかけている。母ちゃんの運転する軽トラの助手席に、何年振りかで座った。出来の悪いサイーレージの匂いがした。学生服に臭いが付くから乗らない時があった。

「サッカーやめて、内の手伝いするから」

「父ちゃんが復帰するまででいいよ。そうだね、一カ月でいいから」

「もういいよ。満足だよ。充分させてもらったから」

軽トラックの中で、家に着く約三〇分間、久しぶりに母親と話をしていた。

牛舎の前に軽トラが止まると、中からつなぎを着た榛名酪連の、近藤さんが出てきた。

「ヘルパー頼んだのだけれどね、今夜は動けないからと連絡が来たんで。手伝いに来たのだけど、勇三さんはどうでした」

「近藤さんが来てくれるなら、もう少しいてくればよかったな。すいません心配かけまして。一ヶ月で復帰できそうです」

　勇樹が学生服から、作業着に着替えてきた。

「それはよかったね。トラクターは、またあとで引き上げに来るからね。勇樹君手伝いかい。勇三さんあわてないでといっとくか。」

　近藤は、勇樹の姿を見て、頼もしさを感じた。

「草地にブロードキャスターで化成肥料を散布していたら、下りでスピードが出て、後輪が浮いたと思ったら投げ出されたらしいの。いつもならゆっくり降りて来るのに、何か考え事でもしていたのかな」

「トラクターの下敷きにならなくてよかったね。タンクに餌もあるから、今日は帰りますよ。何かあったら、呼んでください」

　携帯の電話を握りながら、車に乗っていった。

　勇樹はサッカー部の練習を完全に休み、毎朝五時に起きて、餌をやり、それから搾乳をしてから、学校へ行った。季節は六月を過ぎると夏の始まりを感じさせる日が何日かつづいた。勇樹が高校から帰って来ると、縁側から、笑い声が聞こえてきた。

「ただいま」と声をかけると、勇三が
「勇樹、世話になったな。助かったよ」と、にこにこしながら礼を言った。
「復帰できてよかったよ。母ちゃん一人じゃ無理だものね。それから大学は国立のI大学の農学部畜産学科を受けることにしたよ。先生から合格の見込みないよと言われたけど、内にはお金がないんで、浪人はしないし、S市にある農業短期大学を滑り止めとして受けるからと伝えたよ。学費よろしく」

勇樹は、三月の大学受験が終わるまで、毎日勉強に励み、一日四時間ほどの睡眠時間で、鼻血を出しながら学校へ通った。その甲斐あって希望していたI大に合格できた。周りの友人たちから奇跡が起きたと言われていた。高一の最初の試験で三六五人中三六五番、サッカー部も最後まで続けて、国立大学に合格するとは、本人以外誰も思っていなかった。ジャッジマンになる夢も忘れていたわけではなかった。

I大学の農学部は霞ケ浦に近く、元予科練「特攻隊」の跡地を利用していた。学生寮は当時のままの古い建物だった。水戸での教養課程を一年で終わり、牛ガエルがなくハス畑に囲まれた、家賃一月六千円で農学部の学生が二人ほど住んでいる離れを借りた。勇樹は一年の時は好きな授業には出たが、興味のない授業は代返を頼んで生物研究会というサークルで、蝶を追いかけていた。同じクラスの中には、単位が足りずに、進級できないものもいたが、仲間に助けられて、ぎりぎりで進級できた。二年になると、専門分野になるので、一年の時よりは熱心に通ったが、それでもほかの学生に比べるとさぼる時間が多くあり、遊びほうけていたと言うより、将来を模索していたのだった。一年の夏休みには根室の酪農家清水さんの牧場へ約一月。二年の春休みには、九州の阿蘇山のふもと小国町にある三共牧場へ二週間、二年の夏休みには中標津の佐藤牧場。三年の夏休みには、能登半島の穴水にある企業の経営する牧場へ一ケ月実習をした。勇樹は実習の数だけは誰にも負けなかった。通常は三年生の夏に一回だけ農家実習すれば必修の二単位は取れた。勇樹は、農場の先生に気に入られて、牧場実習だけほかの学生の倍の四単位をもらっていた。

大学三年生の三月のことであった。父勇三から電話があり、「五月に伊香保のG牧場でジャッジングスクールが一泊二日で開催されるから、受けないか」という知らせだった。

「もちろん、受けたい」と頼んだ。ジャッジマンになるには、参加しなければいけないものだった。

「ジャッジングスクール」は、勇樹のような一回目の参加者約二〇名は、一日目は伊香保のホテルで学科の勉強だった。二回以上の参加している約三五名は、伊香保温泉のすぐ下にあるG牧場で、実際に牛を見ながら比較審査をした。一日目が終わるとホテルで宴会があった。そこで自己紹介などがあり、酪農家の人が多かったのだが、学生での参加者は勇樹一人で、一番若かった。関東の人が多かったが、北海道からの参加者もいた。酒が入ると勇樹も緊張が取れて、牛の話の輪にくわわった。部屋に戻っても明け方まで、牛の話が続いた。参加者のほとんどは、ジャッジマンを夢見ている。だから話も、体型や審査にかかわる話がおおかったので、勇樹には、生きた勉強となった。

二日目は、勇樹もG牧場で実際の乳牛をつかい、ジャッジングの勉強をした。四頭の牛を使い、序列をつけて講評しあうのだった。

ホルスタイン協会の模範解答に対して、いくつもの反論が出た。勇樹は見方が違うと、どれも正解のような気がした。正解は一つではないのかもしれない。ジャッジマンは、自分の付けた序列を、説明して、納得してもらえれば良いのか。それでも、良い牛とは、生産の面から長命連産できる牛が、改良の方向なのだから、合わない牛ははじかれていくのだろう。勇樹がもらったテキストの中に、「共進会ジャッジマンとして望まれる要件」という、一枚だけのペーパーが入っていた。

一、順位づけに関して、明解かつ簡潔に説明できること。講評は「肯定」そして「比較」で行い、なお且つ「具体的」に述べる。

二、正確な審査のために、次の内容によりその技術の向上を図る。

1、ホルスタイン理想体型の明確な知識を持ち、体型の長所、短所を判断する技術を持っていること。

2、乳牛に対する感覚に優れ、乳牛を知る努力を惜しまないこと。

3、観察力の速さと正確さ。

4、多くの牛を頭の中に思い描き、比較して順位づけをする能力。

5、正確な審査に基づき、明確でスピーディーに決定できる能力。

6、過去のショーの序列にかかわらず、審査当日の状態によって個体の評価、順位づけできる能力と技術。

7、序列づけとその決定に誤りがないと言う強い意志を持っていること。

8、個々の牛の長所に基づいてそれぞれの順位を決定するための強固な精神と自信を持つこと。
9、実績と経験の中から順位づけに対する効果的な理由づけをする、正しい知識を持っていること。
10、人の意見を受け入れる謙虚さをもっていること。

勇樹は、後日何度もこの文章を読み返していた。迷いはいつだってある。だがその迷いを見せてはいけないのだ。ただ、最後一行が気になった。「人の意見を受け入れる謙虚さを持っていること」自分の付けた序列をくつがえせということなのか。勇樹は、その一行が腑に落ちなかった。

ジャッジングスクールは、楽しかった。真剣な姿勢が何とも言えない、緊張感を生み出していた。最後に筆記試験と審査の成績の優秀なひとが呼ばれて表彰された。九〇点以上を三回連続でとれば、ジャッジマンに認定される。勇樹は初めて牛を引いた小学四年生の時、ジャッジマンに声をかけられて、カッコいいなあと思った。自分もいつかなりたいと思った夢が、現実に目の前に見えてきた感じがした。

「山本君、一回目で九二点でした。がんばったね。後二回連続でこの点数がとれれば、最短で最年少のジャッジマン誕生になりますよ。ぜひ頑張ってください」ホルスタイン協会の人から、肩をたたかれた。

大学四年生になった勇樹は、飼料学の研究室に入り、「未利用資源の飼料価値」というテーマをもらい、ハトムギサイレージの分析をしていた。羊に食べさせて、消化試験も実施した。普段は厳しい吉田先生だが、土曜日の夕方になり、お酒が入ると人が変わる。

「山本君、いつ物、買って来てくれますか」

勇樹は、千円札二枚をもらうと、近くのスーパーへワンカップ酒を買いに行くのだ。実験動物たちに餌をやり終えて、五時には吉田先生の机の前に、同じ研究室の小田島君と座っている。茶色く汚れた白衣の腰の所から臭いの出そうな手拭いをぶら下げていた。

「はいお疲れ様でした」と、吉田先生の音頭でワンカップ酒の蓋を取り飲みだす。

「山本君は就職どうしますか」

夏の初まり、早い学生は、就職の内定を貰いだしていた。

「先生、大学院に進みたいのですが。草地のエネルギーの流れを研究してみたいです」

勇樹は、最近読んでいた草地学会の会報の中から、興味のあることを話していた。

「N大学の草地学教室を受けようと考えています」

このことは、まだ親にも話していなかった。お盆に帰った時、話すつもりでいた。

先生は、二本目のワンカップを二人の前に出した。I大学には、草地学の研究室はなかった。勇樹はほとんど独学で、草地学を学んでいたのだ。小田島君はそのままI大学の大学院を受けたいと言っていた。吉田先生は、二人の希望を聞いたが、このことに関して何も言わなかった。

大学四年生の夏休みは、お盆休みの四日間だけもらって、勇樹は群馬へ帰ってきた。駅を出ると、妙に懐かしい。なんだか自分が大人になった感じがした。駅前のロータリーに、勇三が迎えに来てくれていた。トランクに荷物を入れると助手席に座った。

「おばあちゃんは元気。正月に帰って来て以来だからな」

「みんな元気だよ。牛もな。ばあちゃんなんか、昨日から、勇樹はまだかと心配ばかりしていたよ」と

言われた。勇樹は家に着くと、

「ばあちゃん、今帰ったよ」と挨拶すると、

「お帰り。ゆっくりしていきなよ」

元気な顔で迎えてくれた。少し話をしてから、

「搾乳手伝ってくるから」と、勇樹は自分の部屋に入り、作業着に着替えて、牛舎に入って行った。

「大学卒業できるのか」と、勇三が聞くと、

「たぶん大丈夫だよ」

「群馬へ帰って来るのかい」君代が聞く。

「親父にお袋、聞いてもらいたいことがあるんだ。後二年間学生やらせてくれないか。落第するわけでないよ。N大学の大学院に行きたいんだ。合格するかどうかはわからないけれど」

勇樹は搾乳が終わると、高校生時代の友達の所へ遊びに行ってしまった。夜、勇三と君代は隣り合った布団に入ると、

「大学院、お父さんどうします」と君代が口火を切った。

「行かせない理由はないな。家を継ぐなんて話は、もうないな。俺たちの時代で牛飼い終わりにするべ」

「ジャッジマンの夢も消えたのかな」

「明日聞いてみるか」その夜は、勇樹は帰って来なかったが、朝の五時の搾乳には、友達の車で送ってもらって来た。

「おはよう。昨夜は飲みすぎた。搾乳終わったら寝るよ」

「いいけど、勇樹、大学院へ進んで何になるの。ジャッジマンになる夢は捨てたのかい」君代が聞いた。

勇三は耳を澄まして勇樹の返事を待っていた。

「畜産関係の会社に入り、ジャッジマンになる。それが一番の近道。ただね、研究者の道にも憬れている。ドクターコースは金がかかるから、マスターコースで終わり、後は自分で食べていく。何とかお願いします」

「大学院、頑張れや。俺も研究者になりたかったことあったな。遺伝だな、なあ母さん」

「そんな話聞いたことなかったわよ」

「勇樹が生まれる前のことだから。お母さんと付き合いだした頃だからな」

勇三は、外したミルカーを手で持って、思い出の中にいた。

「お父さん、牛が見ていますよ」という君代の言葉に、勇樹は大笑いしている。

十月の半ば、勇樹はN大学の大学院の試験に来ていた。日本海が目の前に広がり、I大学の農学部とは比べようのない立派な施設だ。試験が終わり、草地学の広田教授に挨拶に行った。

「君は英語ができませんね」と、部屋へ入るなり言われてしまった。勇樹はそれにもめげずに、自分のやりたい研究の話をした。

「君は酒が飲めますか」教授が聞くので、

「はい、大好きです」と答えた。足元から、封の切られてない一升瓶を出し、勇樹の前にコップを置いた。

「これは冷に限ります」ラベルを見ると、そのころ幻の銘酒と言われていた「越乃寒梅」だ。勇樹は、初めて飲む酒に緊張して、ゆっくりと口に入れると、酒は胃の中に、すっと納まった。

「うまいですね」一時間ほど、勇樹は話し続けた。

「明日の面接試験、遅刻しないように」

研究室の窓から、夕日が佐渡に沈みイカ釣り船の明かりが、沖へ向っていくのが見えていた。

3

大学院を修了し新潟から引っ越しをするとき、父と母にぜひ新潟へ来てもらいたいと思った。牛飼いは家を離れることがなかなかできない。

「ヘルパー頼んで、二トン車で引っ越しのとき手伝ってくれるかな」と、正月に帰った折頼んでみた。どこへも行ったことがない二人に。自分が住んでいた街を見せたかった。

「母さん、行こうか。ヘルパー予約してさ」

話はすんなり決まった。

三月中旬の穏やかな日、勇樹が運転するトラックに親子三人で乗りこみ、日本海を目指した。

渋川から、関越自動車に乗ると勇樹の運転でも、四時間で新潟市内まで入った。その日は長い冬からの目覚めを感じさせる、穏やかな一日だった。街中には、雪解けの水たまりがあちらこちらにできていて、歩く人を妨げていた。勇三と君代は車の中から驚いてばかりいた。信濃川の水の流れが、利根川に

比べてあまりに多かったので、

「これは海か」と聞かれた勇樹が、笑いながら、

「日本一の川だよ」と答えた。

アパートへ行く前に、大学に寄った。農学部は六階建てで、中に入ると
「ここは病院かい」母が聞いてきた。予科練の兵舎をそのまま利用していたI大学に比べれば、その差は大きかった。

エレベーターに乗り三階で降りると、草地学の研究室があった。北側の窓から、佐渡島が見えた。広田教授に挨拶して、アパートへ行った。二年間暮らした四畳半の部屋は、荷物はほとんどが本だった。引っ越しの度に増えていく荷物だが、布団一組と電気炬燵だけを残してトラックに積み込んだ。二時間ほどで積み込み終わった。夕方の六時過ぎ、歩いて一五分ほどの、勇樹が土曜日になると通った食堂、焼き魚定食とお銚子を二本飲んでも、千円でおつりがくる、新川食堂へ案内した。

この時期は学生たちが少ないので、お店も空いているだろうと思っていたが、時間がたつにつれて、カウンターが客でうまり、テーブルも一杯になった。勇三と君代は最初のうち遠慮していたが、お酒が入ってくると、場の雰囲気にも少し慣れてきたようだ。九時前に店を出て、空っぽになったアパートの部屋で、電気炬燵に足を入れ、布団をかけて三人で寝た。こうして寝るのは、最初で最後の気がした。勇三は酒の酔いのおかげで、すぐにいびきをかき出した。君代は何度も寝返りをうっていた。

「お袋、牛飼い継がなくて悪かったな。今は就職の道を選んだけれどね、家に入って牛飼いを継ぐことも考えているんだ。後十年は二人でやっていけるだろうと思ってさ。わがまま言わせてもらった」

「姉ちゃんが、前橋で所帯を持ったから、勇樹は自分の道を選べばいいさ。酪農、厳しいよ。エサ代は上がるばっかりだし、乳質だって厳しくなっているから。片手間ではできないよ。それよりさジャッジマンになる夢はどうしたんだい」

「大丈夫。この会社を選んだのは、ジャッジマン目指せるんだよ」

「父ちゃん、それだけ心配していたよ。牛飼いの後を継ぐより、ジャッジマンになってほしいみたいだ」

「ジャッジマンになって、いい牛を選ぶことは、酪農家を幸せにできる気がする。講評ひとつが、出品者に勇気や希望を与えられるようなジャッジマン、なれたらいいな」

「勇樹、それいいな、目指せや。日本国中の酪農家からあなたに審査されたいと、指名が来るくらいのジャッジマンになれよ」

　寝たはずの勇三も黙って二人の会話を聞いていた。君代が俺の気持ちを伝えてくれたから、言うことはないと思っていたが、言わずにはいられなかった。

　勇樹は、四月一日より北海道の札幌に本社のある種苗会社に就職することになっていた。学生時代の荷物は、実家へ置いていくことにしていた。三ケ月の研修の後、どこへ配属になるか決まるのだった。どこに配属になっても、ジャッジマンになろうと決めていた。大学三年生の時に出たジャッジングスクールのテキストを、暗記してしまうほど読んでいた。

　二四歳の勇樹にとっては、大きな夢を実現させるために、社会に旅立つ。何が待ち受けているかわからない。最初の配属先は、どうしても北海道を希望するつもりだ。そして酪農家を回り、牛の勉強をしたいと思っている。学生時代に農家実習したが、そんなレベルでは通用しないことは充分わかっている。眠れないでいた。体の中から、湧いてくる思いがあった。

勇三と君代の寝息が聞こえている。新潟の最期の夜が、もうじき明けようとしていた。荒れた日には、海鳴りが響いてきた。雪は横殴りで傘は役に立たなかった。親のすねかじりは終わりだ。今朝は穏やかな天気らしい。

群馬では桜が満開を迎えようとしていたが北の大都市、札幌の夜は切れ間なく雪が降っていた。明日入社式を迎えるという夜、勇樹はビジネスホテルで眠れない夜を送っていた。

入社式を終えると、すぐに東京へ飛び三日間の合同研修が待っている。その後札幌へ戻り、一週間研修した後、道内にある農場で一カ月酪農実習する。それから、千葉の研究施設で一カ月実習し、赴任先が決まると言う。缶ビールを飲みながら、前もって送られてきた新入社員のしおりを読み返していた。

ビジネスホテルの三階から、夜の札幌の街を眺めていると、すすきのという日本有数の歓楽街から近いこともあって、もうじき十二時になろうとしているのに街が躍動しているように感じた。

入社式が終わった。同期の仲間は、三十名ほどいた。内十名がこれから飛行機で羽田へ向う。東京で明日からの、合同研修に参加する。十人のうち六人は、北海道出身で、残りは熊本に広島、宮城と群馬だった。羽田に着くまでに、自己紹介ができた。これからは集団行動になる。学部は畜産系に農学系、一人社会学という人がいた。勇樹が一番年上になるようだった。

東京での研修は、かなりハードなものだった。社会人の心得を、徹底してたたき込まれた。一日休日があり札幌本社での研修が続いた。学生気分から、脱皮をしていくようだった。勇樹は、早く現場に出たいと思っていた。

長い会社人生の中のたった三か月なのだが、研修を終えて、早く実践してみたかった。勇樹は、農場実習が始まると朝五時からの搾乳にも遅刻しなかった。農場で出される食事もうまく感じていた。農場の最後の日、場長がジンギスカンをごちそうしてくれた。ビールも飲みたいだけ飲ませてもらったが、学生時代のように吐くわけにはいかないと思いつつ飲んでいた。遠慮していたのだが、トイレに駆け込んでしまった。酒には気を付けないと、注意していたのだが甘かったと反省した。

最後の実習先は、千葉の研究所だった。ＴＭＲ（それを食べればすべて含まれている餌、コンプリートとも呼ばれていた）の研究をやっていた。餌のコストを下げるために、醬油カスにビールカス、キノコ菌床などバイプロダクトを可能な限り使用し、そのカスを生かすための、繊維の質など研究していた。結果がすぐに餌の内容に生かされていく。勇樹は、この研究所でなら自分が学んできたものが生かせると思った。

長かった研修が終わろうとしていた。同期の十人は、親友のような雰囲気が出てきていた。明日赴任先の辞令が出るという日、研究所の近くにある飲み屋で飲んだ。それぞれ希望の赴任先があり、将来を語りあった。

勇樹は、乳牛のジャッジマンを目指したいと言った。できれば北海道を希望していると伝えた。話は、仕事のことばかりでなく、明日から離れ離れになるということから、彼女の話が出てきた。勇樹は高校生の時に付き合ったことがあったが、手を握った程度で終わっていたことを伝えた。新潟での生活は、女性と付き合うどころではなく、ひたすら論文を読み実験に没頭していた。みんなの話を聞いていると、かなり遅れているらしい。その夜、初めて暗いお店に入ることになった。勇樹は緊張のあまり、隣に座った女性にされるままにいた。

お店を出ると、みんなが待っていて、

「どうでした」と聞いてきた。

「初めてなんで、よくわからなかったよ」

「牛と一緒だなんて言わないで下さいよ」

「何事も、好奇心ですから。頑張ってくださいね。腹減りませんか」

「ラーメンでも食べて行きますか」

名残惜しそうに、学生時代には味わえなかった、社会人としての始まりだった。

朝九時、場長からそれぞれに辞令が渡された。勇樹は、最後にお世話になった千葉の研究所だった。北海道を希望していたが、研究所も興味があったので、ここからジャッジマンを目指すことにした。独身寮があると言うことなので、そこへ入ることにした。

十人が荷物をまとめて、場長に挨拶をした。その後は、固い握手をして、中には涙ぐんでいる友もいた。勇樹も心から寂しいと感じていた。また会うことを約束して、社会人一年生として、それぞれの赴任先へ飛んで行った。

勇樹は群馬へ帰り両親に報告した。

「二十四年間お世話になりました。これからもよろしくお願いいたします」頭を深く下げた。

「いつでも帰って来いや。俺たちは、勇樹をいつも応援しているからな。なあ母さん」

「体に気を付けて、早く彼女連れてきなよ」と、母が言う。勇樹はジャッジマンを目指して、新しい始まりに立っていた。

とんぼ返りで千葉へ戻り、寮に入った。必要な荷物は、後から宅急便で送ってもらうことにしていた。

千葉の研究施設で働きだした勇樹は、日曜日を利用して、千葉県内の酪農家を見学して歩いた。アポなしでいきなり行っても「牛を見せてください」と言うと、快く見せてくれた。話が弾むと、「お昼食べていけや」と御馳走してもらったこともあった。共進会があると、休みを変更して見に行った。寝ても覚めても牛一色の日々を送っていた。

二回目のジャッジングスクールは、岡山県で参加し、結果は九三点と言う成績で合格した。3回目は岩手県でおこなわれ、ぎりぎりで合格した。二八歳で夢だった認定ジャッジマンとなることができた。

群馬の家族に電話すると、父親は涙声になり、母も

「良かったね。今度帰って来た時、お祝いをするからね」と、我がことのように喜んでくれた。

「北軽の古賀さんと真下さんに、来年のスプリングショウのジャッジマンに勇樹を使ってくれるようお願いしてみるよ。たしか勇樹が小学五年生の時だったかな。古賀さん覚えていてくれるといいけど。最初のジャッジは北軽でやれと言ってくれたこと」

勇三が古賀に電話を入れたのは、勇樹が認定ジャッジマンになって一週間ほど過ぎた九月のことであった。

「古賀さん、内のせがれの勇樹がジャッジマンになりました。覚えていますか」

「覚えているよ。千葉の関東大会に行った子だよね。それはおめでとうございました」

「そん時は、初めてのジャッジは、北軽でやれと言ったこと覚えていますか」

古賀は、十数年前の関東大会を、思い出していたが、何となくそんなこと言ったような気がしてきた。

「今度来年のスプリングショウの会議があるから、推薦しておくよ。何歳になったの」

「二八歳だよ」

「若いね、会長が真下だから先に話しておくよ」

「よろしくお願いします」

北軽井沢は、満州からの引き揚げ者が戦後、北海道並みの寒さの中で、馬と手で開墾した歴史がある。今は酪農が盛んな地区である。毎年五月の中旬に開催される共進会は、群馬県ばかりでなく近県からも牛を出品してくれるようになっていた。

4

五月と言っても北軽井沢は時折冷たい風が吹いてきていた。勇樹はスーツを着て、浅間山から吹き下ろす寒風を肌で感じていた。一部六頭の牛が勇樹を試すかのように会場へ入って来る。

緊張していた勇樹が、誰にもわからないように深呼吸したのを、勇三は感じた。勇樹が審査を開始した。会場の周りには、先生に引率されてきた地元の小学生も見ていた。一周して二度目に入ると、少し余裕が出てきて、リードマンに声をかけながら牛を見た。一クラス約十分で順位を付け、入場から講評含め退場まで、二十分で終わらせることを頭に入れていた。勇樹は腕時計で時間を確認すると、記念すべき一頭目の牛を右手で指さし選び出した。一番から六番まで序列を付け一列にならばせた。前と後ろに回りもう一度見ると、農協の係りの人に序列決定の合図を送った。勇樹の手にマイクが届いた。

「本日は歴史ある北軽井沢スプリングショウによんでいただき、心より感謝申し上げます。会場の中央で見渡せば周りには、小学生が授業の一貫として見学に来られているようですが、これは素晴らしい事だと思います。酪農の情勢は決して明るい物ばかりではありません。むしろ厳しくなる方向だと思いますが、教育の中に共進会を入れることは未来につながることだと思います。北軽の厳しい歴史が語り継がれているからだと思います。前置きが長くなりましたが」

勇樹は、トップの牛に歩くように指示を出しリードマンが牛を引き出すのにあわせて、講評を始めた。

「トップに持ってきた牛ですが、各部位のバランスが非常に良いと思いました。月令にあった体高、後ろから見た幅は群を抜いています。二番目の牛も首抜けやトップラインの強さを見せていますが、トップの牛に比べると歩様に弱さを感じました。三番目の牛は、六頭の中で一番体高が高く、成長の良さを示していますが二番目の牛に比べて尻の角度、肋の張りでやや劣っていました」

勇樹は講評を終えると、肩で息をはいていた。「これでよいですか」聞いてみたかったが、これでよいとおもわないと次に進めなかった。会場から、拍手があった。入賞者への拍手ではあると思ったが、すこし気が楽になった。

全頭の牛のジャッジを終えた。最後のグランドチャンピオンを選び終わると、疲労で倒れそうになる自分に、足を開いてバランスを取った。

古賀さんが勇三と一緒に近づいてきて、

「お疲れ、まあまあかな」口の悪い古賀は、最高の褒め言葉を送ってくれた。勇三は手を差し出し「おめでとう。母さんにも見せたかったな」目頭を押さえていた。

北軽井沢のジャッジを終えてから、少しずつ経験を重ねて、三年後群馬県のブラックアンドホワイトショウのジャッジを依頼された。一八歳でふるさと群馬を離れ、一三年がたっていた。父の勇三も牛を出すと言っていた。出品頭数一二四頭は、勇樹の経験した中で最も多い頭数で、自然と肩に力が入った。

前日、実家には帰らないで、前橋のホテルで一泊した勇樹は、当日の朝、会場のある赤城山に向かって車で登っていくと、桜が葉桜から始まり、満開、五分咲きと開花状態が違うのに驚いていた。会場になる畜産試験場はまだ三分咲きといったところだった。春の穏やかな一日になりそうだ。思い起こせば、小学校四年生の時だ、スターバックの黒い牛を必死になって引いた。その時のジャッジマン牧原との出会いが、勇樹の歩む道を決めた。今の自分があるのは、あの時の感動があったからだと思う。自分のジャッジが出品者に、何か与えているだろうかと、思いながらジャッジをしてきた。

午前中の審査が終わり、テントでお弁当を食べていた勇樹のところへ、高校の同級生で牛飼いの後を継いていた友が、顔を見せた。

「山本、久しぶりだね。お前の夢だったジャッジマンついになったんだね。おめでとう」

「やあ、大田、成人式以来かな。今日は牛引かないのかい」

「初産クラスで出る。楽しみにしているよ」


午後一番の初産クラスには、父の勇三に北軽井沢の古賀も出品している。一八頭は勇樹にとって胸をわくわくさせた。ペットボトルからお茶飲むと、五分前に会場の中央に歩いて行った。入口の方を見ると次々に牛たちが集まってきていた。場内にアナウンスが流れた。一頭の欠場もなく、会場一周してもまだ最後の牛は入場できない。係員が牛の間を狭めるようにリードマンにお願いしている。勇樹は全頭が出そろう前に、いつものように深呼吸をしてから、一番の牛に近づいていった。一八頭見終わると中央に戻り気になる牛を目で追った。頭の中で順位付けは、ほぼ決まった。会場が一瞬静まり帰った時、勇樹は右手でトップの牛を、間をおかず二番、三番と順に指示し、八番まで選び出した。残り一〇頭は二列目に並んでもらうよう係員に頼んだ。そのあっという間の出来事を、会場を覆い尽くした観客は固唾を呑んで見守っていた。

一列目の八頭を、後ろから前から比較して、若干の入れ替えをして二列目に移動した。

ここで初めて、勇三や古賀の顔が目に入った。

一〇頭を見直すと、前列に上げるべき牛が二頭いる。古賀の引く牛と、大田の牛だった。勇樹は、二頭の牛を前列へ指さした。前列へ戻り、もう一度見直した。古賀の牛を六番目に大田の牛を八番目に入

れた。上位に戻り、

「ベストアダーは一番の牛でお願いします」

と伝えた。講評だ。マイクを持った
「どうぞ歩いてくれますか。ここに並んだ一八頭は、育てている皆さんの愛情を感じました。その中で一番に選ばせていただいた牛は、乳房の幅、底面の高さ、乳頭の配置すべての点でほかの牛を圧倒しています。二番手にした牛に後肢の形状、トップの強さは譲りますが、これだけの幅を維持するには致し方ないと判断させていただきました。二番手と三番手の牛の体型的違いはあまりないと判断しましたが、歩いた時に差が出ました。二番手にした牛の歩様時の優雅さは、調教のたまものだと感じました」勇樹は、六番手の牛まで講評して、マイクを返した。手のひらが汗でぐっしょりしていた。

全審査を終えると、全身から力が抜けてきた。勇三が近づいてきて
「今晩は泊っていくだろう」とささやくと、

「夕方までに行きます」と小声で返した。

テントへ戻ろうとして歩いていくと、ホル協の上原さん、ＡＢＳの高橋さん、そして白髭の埼玉の青木さん、北軽の古賀さんが、勇三に何か話しかけているのが目に入った。勇樹がジャッジングスクールでお世話になった人たちだ。近づいていくと、

「山本さん、今度埼玉にも来ていただけますか」と、青木が声をかけてきてくれた。

青木は、勇樹のジャッジを見るために群馬へ来ていたのだった。

「ありがとうございます。スクールではいろいろとお世話になりました」頭を下げた。

「いいジャッジだったね。講評もわかりやすかったよ」と上原が労をねぎらった。

「おれの牛をあと二つ前に出せば、ほめたんだけどな」古賀が笑わせてくれた。

「高橋さん、また勉強させてください。北海道行きますので」

上原や高橋は勇樹の目標としているジャッジマンだ。高橋が遠慮しながら、

「秋に千葉でやりますよ。今日は若いころの自分を思い出しました。頑張ってください」

「仲間に入れたな」と、勇三が勇樹の肩をたたいた。

5

勇樹は三十二歳で結婚し、子供も生まれ、人生これからという時を迎えていた。

突然のことだった。朝、会社へ行くために駅に向かって歩いているとき、勇樹は右足の親指と小指をのぞく中三本の指が、けいれんのように力が入って曲がって、歩くことができなくなり、立ち止まってしまった。なんだろう。楽天家の勇樹は、最初明日になれば治るだろうと思った。だがその症状は、だんだんにひどくなり、一週間後には、勇樹はまともに歩けなくなっていた。

病院通いが始まった。最初に行ったのは、近くにある整体で三回通った。一回五千円これでは続かないと思い接骨医にかわった。研究施設内を軽トラックで走行していた勇樹を見て、蛇行していると教えてくれた人がいた。車の運転が、危ないよと数人の人から言われた。自覚するまでには、少し時間が必要だった。勇樹は三十五歳になろうとしていた。恐ろしい夢を見ている気がしていた。就職して十年が

過ぎ主任を任されていた。

ジャッジマンも仕事も順調に来ていたと思っていたが、勇樹の人生にとってこれが長い苦しみの始まりになるとは思はなかった。

勇樹の歩き方は、右足が左足にぶつかるようになり、少し前のめりの姿勢で、バタバタと音を立てた。勇樹が歩いているのを見ると、

「どうしたの」人は必ず聞いてきた。なんだかとても恥ずかしくて、みじめに思えて、人前に出て歩くのが嫌になりはじめていた。病院は整形外科、気功、鍼灸と人から進められるものは、必ず行った。大学病院の神経内科の先生を含め病名が、いくつかに絞られてきたが、最終的に勇樹が納得する病名に至るまで八年が過ぎていた。

車で小さな接触事故を起こしたとき、職場の上司から「診断書をもらってくるように」と言われた。勇樹の病気が社内で問題になっていたのだ。もがけばもがくほど、深みに入っていく、そんな気持ちの日が続いていた。

従妹の結婚式で群馬へ帰ったとき、父と母が心配して、

「いつでも帰ってこいや。ここで暮らせばいい」と、言ってくれた。

「牛飼いやるかな。妻と相談してみるよ」

優しさが心にしみた。三七歳で勇樹は会社を退職して、群馬へ戻ってきた。それは、決して明るい帰郷ではなかった。田舎だから都会に比べて、干渉がはげしかった。土足で心にふみこまれる感じがしたこともあった。

群馬へ来てからも病院巡りをしていたが、半ばあきらめかけたときにある病院の先生と出会いがあった。薬を飲みだして何日か過ぎた日勇樹の歩いている姿を見た母親が、「普通に歩いているね」と声をかけた。自分でも、不思議なほど、バタバタと音を立てることもなく、左右の足がぶつかりもせず、歩いていることに気付いた。

その病は完治することはなく、薬によって進行を遅らせるという。勇樹は特定疾患に認定された。保険料の明細を見ると、一ケ月の薬と診療代は十五万円を超えていたが、特定疾患に認定されたので支払いは一万円で済んでいた。

会社を辞めて、ジャッジマンの依頼も断っていた勇樹は、精神科に通ったことがあった。

「うつ病ですかね」と勇樹が最後に医者に言うと、「そうですね」とその精神科医は答えて、抗うつ剤を出してくれた。そのことを、大学病院の神経内科の女医さんに話をすると、

「そんな薬は、飲まないで捨てなさい」と強い口調で言われた。勇樹は、女医さんの指示に従い、その日から抗うつ剤を飲むのをやめた。

「人生を諦めろ。病気をまず直せ」と言ってくれた人がいた。勇樹はその意味が分からなかった。「人生を諦める」なかなかできないことだと思った。会社で出世しようだとか、ジャッジマンで成功したいなどと言う事を、捨てることだと、あるとき感じた。そう感じとったとき、勇樹の中でもやもやしていたものがすっと消えていった。そのことがあったから、会社を潔くやめることができたと勇樹は思った。

パーキンソン病という病名がつけられたのは群馬へ来てからだ、まだ勇樹は納得していないのだが、以前より明るく、毎日を送ることができていると感じた。子供たちの成長や、牛飼いの仕事を父や母と、

最近では妻も搾乳や哺乳を手伝うようになっていた。

人生諦めることも大事なことだと思い出していた。そこから始まるものもあるのかもしれない。時間によって腰が痛くなり、歩けなくなることもあるが、明るく生きていけるようになっていた。勇樹の姿を見て、同じ病気の人から、相談を受けることがあった。

勇樹よりも、重症な方で生きることに絶望をしてしまっていた。頑張れとは言えない。ただ勇樹が感じたことを、自分が悩み苦しんできたことを、素直に話した。その方は、来たときより少しだけ元気が出て帰っていった。できることをしてあげたいと勇樹は思うようになっていた。

勇樹の一日は四種類の薬を飲むことから始まる。水はいらない。唾液をためて一錠ずつ飲み込んでいく。胃によくないよと言われるが、食事をする前に飲まないと、効きが良くない気がしていた。
朝五時に薬を飲み、搾乳に出かける。妻は、一緒に起きるが、朝食の準備で三〇分ほど遅れてから牛舎へ来る。今日は、群馬県の秋の共進会の日である。勇樹は、ジャッジマンとしてではなく、出品者として、久しぶりに牛を引く。引く牛は、勇樹が足を引きずりながら群馬へ帰ってきたときに、初めて生まれた牛で、サトコと家族から呼ばれている五産目の牛。今日のジャッジマンはＡＢＳの高橋さんで勇樹がジャッジマンになった時、お世話になった人だ。午前七時に農協のトラックが牛を連れに来ると、勇樹は軽トラックで牛と一緒に会場に向かった。天気は秋晴れだ。
「お父さん、僕も見に行くからね」と中学二年生になる息子が夕べ、勇樹に声をかけると
「お父さん、私もおかあさんと行くよ」

高校三年生になる、普段は勇樹とはあまり口を利かない娘が声をかけた。父親の勇三も、

「ばあさんが見たいというから、久しぶりに顔を出すか」と、搾乳を手伝いながらつぶやいていた。

牛を引きながら、勇樹は小学生のころをふと思い出していた。初めて牛を引いた時のことだ。緊張のあまり足ががたがた振るえ、唇が渇いて、何度も舌でなめていた。

「久しぶりです。元気でしたか。病気をなされたと聞いて、心配していました」

尊敬する高橋ジャッジマンが勇樹に声をかけてくれた。

「ありがとうございます。牛飼いになりました。また、チャンスがあれば、ジャッジマンやりたいです」

「まだまだ、やれますよ。元気な顔を見られてよかった」牛の周りを一回りすると、ジャッジマンは、次の牛のところへ近づいていった。勇樹が会場に軽トラで着いたときも、みんなから、「久しぶり」と声をかけられていた。

勇樹の引く牛は、五番手に選ばれた。勇樹は引きながら、ジャッジマンの目で他の牛を見ていた。そして、自分の順位は五番か六番になると予想していた。講評が終わり、牛を連れて帰ると、出口のところで、家族全員が父と母、妻と娘と息子が拍手をして迎えてくれた。勇樹は胸が熱くなった。

「お父さん、お疲れさまでした」妻に声をかけられると、人目をはばからずに、泣きだしそうになったが、必死にこらえていた。父や母の目には、涙が浮かんでいるのがわかった。

「サトの目から涙が流れているよ」娘が、サトの頭を撫でている。

「みんな、ありがとう。サトも心配してくれていたんだな。サトお疲れさま。今搾ってやるからな」

勇樹は、家族に見守られて、会場を出ていった。


「久しぶりだね。来春のスプリングショウのジャッジマンを探していたんだけれどやってもらえるかな」

北軽井沢の古賀が、勇樹のところへやってきて言葉をかけた。

「ありがとうございます。ぜひお願いします」

勇樹は、古賀に深く頭を下げていた。

勇三も、「古賀ちゃん、ありがとうございます」と言いながら、缶コーヒーを古賀に手渡した。

「この間の会議で、どうしているのか、心配する声が出ていたんだ。病気で大変だったようだね。でも今日見て、安心したよ」

「この十年いろいろ病気と闘ってきました。おかげさまで、牛を引いて歩けるようになりました。これから再出発です。よろしくお願いします」

「長い人生だから、苦しい時もあれば、笑える日も来るよ。あんまりうまく言えねけど、その日が来るまで歩き続けるしかねえよな」

勇樹は、古賀の言葉を心の中で何度も繰り返していた。

「歩き続けるしかない」と。

初出一覧

北軽井沢の仲間たち　農民文学　三一七号　二〇一八年二月
酪農家　静子　農民文学　三一四号　二〇一七年二月
前橋家畜市場　農民文学　三〇九号　二〇一五年四月
ＢＳＥ　ちょぼくれ　七三号　二〇一六年四月
ジャッジマン　ホルスタインマガジン　五五〇〜五六一号
（二〇一五年三月〜二〇一六年二月）

著者紹介

筆名　　間山　三郎（まやまさぶろう）
本名　　臼井　三夫（うすい　みつお）

現住所　〒377-0008
　　　　群馬県渋川市渋川 2781-3

1959 年　茨城県下館市（現筑西市）に生まれる。
　　　　茨城大学農学部卒業
　　　　新潟大学大学院修士課程修了
　　　　日本農民文学会　編集委員
　　　　日本詩人クラブ　　　会員
　　　　群馬詩人クラブ　　　会員

　　　　群馬詩人会議「夜明け」　　会員
　　　　群馬文学集団「ちょぼくれ」　同人
　　　　　　　　　　「ゆすりか」　　同人

1996 年　詩集　『橋の伝説』　　　　上毛新聞社　刊行
2003 年　詩集　『僕の詩集をもって』　紙鳶社　　　刊行
2014 年　詩集　『思い川』　　　　　ゆすりか社　刊行
2015 年　小説　『前橋家畜市場』で第 58 回農民文学賞受賞

酪農家　静子

2018年4月29日　第1版第1刷発行

著　者　間山三郎
発行者　鶴見治彦
発行所　筑波書房
　　　　東京都新宿区神楽坂２－19 銀鈴会館
　　　　〒162－0825
　　　　電話03（3267）8599
　　　　郵便振替00150－3－39715
　　　　http://www.tsukuba-shobo.co.jp
定価はカバーに表示してあります

印刷／製本　中央精版印刷株式会社

ISBN978-4-8119-0534-1 C0093